“당신의 인생을 응원합니다”

희망의 마음을 담아 ＿＿＿＿＿＿＿＿＿＿ 님께 드립니다.

결핍을 즐겨라

거리의 인문학자가
다시 일어서는 사람들에게 전하는
마음 치유 인문학

결핍을 즐겨라

최준영 지음 | 림효 그림

추수밭

끝 모를 속도와 경쟁에 지치고 지친 당신에게

"버릴 것은 버리고 가져갈 것만 가져가라" 135

삶은
가장 낮은 곳에서부터
시작된다

결핍에 몸서리치는 사람들이 많습니다. 그로 인해 좌절하기도 하고 방황하기도 합니다. 출생에서의 결핍, 가난이라는 결핍, 배우지 못한 결핍, 장애라는 결핍, 가족의 해체라는 결핍, 사랑의 결핍, 취업을 못했거나 비정규직이라는 결핍, 뚱뚱하다거나 못생겼다거나 키가 작다는 등의 용모의 결핍….

돌아보면, 사람은 부족한 존재입니다. 부자나 권력자라고 해서 예외가 아니며, 가난한 사람은 더 많이 부족할 수도 있습니다. 사람은 누구나 결핍을 안고 사는 것입니다. 고로 삶이란 자신의 결핍과 어떻게 마주하느냐에 달렸습니다.

* * *

역사적으로 이름을 빛낸 사람들은 대체로 결핍을 극복한 사람들입니다. 레오나르도 다빈치는 사생아라는 결핍을 극복했습니다. 조선 후기의 실학자 이덕무 역시 서출이었지만 만학의 꿈을 이루었습니다. 혁신 마인드의 아이콘인 스티브 잡스 또한 입양아였다는 것은 익히 알려진 사실입니다. 축복받지 못한 출생만큼 큰 결핍은 없을 것입니다. 이들은 그 결핍에 좌절하는 대신 긍정의 에너지로 전환하여 큰일을 이룰 수 있었습니다.

꼭 역사적 인물만 그런 것은 아닙니다. 평범한 사람들 중에도 자신이 지닌 결핍을 극복하여 새로운 삶을 산 사람들이 많습니다. 2005년 노숙인을 위한 인문학 강의에 참여한 이후 참으로 다양한 결핍들을 만났고, 그걸 극복하기 위해 안간힘을 쓰는 사람을 지켜봤습니다. 사업에 실패한 사람, 방탕한 생활 끝에 몸과 마음이 피폐해진 사람, 가족과 헤어져 방황하는 사람, 사랑을 잃고 괴로워하는 사람 등이었습니다. 하나같이 다시 일어서려 애를 썼고, 그것은 언제나, 역사적 인물들이 그러했듯, 자신의 결핍을 인정하고 마주하는 것으로부터 시작되었습니다.

특히 사랑 때문에 좌절한 사람에게 특별한 관심을 가졌습니다. 사랑은 조건이 아니라 서로에 대한 책임과 존중이라는 사실을 오히려 그들을 통해 깨닫기도 했습니다. 사랑에 실패한 사람들은 대체로 자아가 강한 사람, 즉 자기중심적 사고방식에 빠진 사람인 경우가 많았습니다. 놀라운 건 사랑에 실패한 사람이 괴로워하는 이유는 떠나간 연인 때문이 아니라 자신의 상처를 달래지 못하기 때문이었습니다.

자기중심적 사고 또한 사랑의 장애물이며, 일종의 결핍 현상입니다. 사랑은 혼자 하는 것이 아니라 끊임없이 나누며 함께하는 것임을 알지 못하는 의식의 결핍이 사랑의 실패를 낳습니다. 하지만 결핍은 사랑의 방해물이기만 한 것이 아닙니다. 반대입니다. 결핍이야말로 사랑의 원동력입니다. 결핍된 존재들이 만나서 서로의 결핍을 어루만져 주는 것이 진정한 사랑이기 때문입니다. 그렇게 우리는 사람 속에서 서로를 다독이며 더불어 살아야 하는 존재들입니다.

* * *

사실 나 스스로가 이미 결핍덩어리입니다. 내 기억의 창고에는 아버지상像이 없습니다. 어려서부터 가난을 달고 살았고 학교에선 그저 평범한 아이였습니다. 어렵사리 들어간 대학을 중도에 그만두었으며, 여러 가지 일을 전전하며 오래도록 방황했습니다.

그래도 꿈은 포기하지 않았습니다. 작가를 꿈꾸었던 나는 가난했지만 고집스레 손에서 책을 놓지 않았습니다. 부단히 노력했습니다. 방이 좁아 누울 자리가 없어서 밤새 PC방에서 글을 썼습니다. 그게 신춘문예에 당선됐고, 기회가 찾아왔습니다.

당장 급한 건 경제력 회복이었지만 돈 대신 의미를 선택했습니다. 돈 버는 일 대신 노숙인, 여성 가장, 수형인 등 나처럼 결핍을 안고 살아가는 사람들을 대상으로 한 인문학 강좌에 나의 재능을 쓰기로 결정했습니다.

결과적으로 옳았습니다. 그 덕분에 많은 사람들이 결핍을 에너지로 활용하는 놀라운 광경을 목격했고, 그들에게 들려준 이야기들의 소재가 되었던 단편들이나마 이렇게 갈무리해 책으로 엮을 수 있게 되었으니 말입니다. 이 모든 것 또한 내게 주어진 결핍을 뿌리치지 않고 내 삶의 에너지로 채운 덕분입니다.

이 책 역시 결핍덩어리입니다. 결핍을 즐기라고 말하고 있지만, 정작 그 언명에 값하지 못한다는 소리를 들을 수도 있습니다. 그런데도 굳이 책을 내어놓는 데는 나름 이유가 있습니다. 결핍은 만남을 통해 해소된다는 믿음 때문입니다. 서로의 결핍이 만나 서로를 보듬을 때 결핍은 비로소 창조성을 발휘한다고 믿기 때문입니다.

이 책의 비어 있는 곳이 독자의 상상력으로 채워지고, 독자의 비어 있는 곳이 이 책의 소소한 메시지로 채워지면, 그때 비로소 새로운 가치가 만들어질 것입니다. 그것이 바로 결핍이 뿜어내는 창조적 에너지입니다.

＊ ＊ ＊

누구나 삶에서 무엇인가 성취하기를 희망합니다. 높은 곳을 지향하기도 합니다. 하지만 잊지 말아야 하는 것이 있습니다. 높은 곳에 이르기 위해서는 먼저 아무리 누추하더라도 자기가 서 있는 곳에서부터 출발해야 합니다. 그렇게 삶은 늘 가장 낮은 곳에서부터 시작됩니다. 자신에게 주어진 결핍과 동행해야 합니다. 그 초심을 잊지 않는 사람이라야 비로소 높이 올라갈 수 있습니다.

권력은 위에서 아래로 내려옵니다. 사랑은 가장 낮은 곳에서부터 피어납니다. 물은 위에서 아래로 흐르지만 꽃의 향기는 낮은 곳에서 위로 올라갑니다. 사람 사이의 온기도 마찬가지입니다. 삶은 늘 가장 낮은 곳에서부터 시작됩니다.

최준영

출발부터 가진 게 없다고 여기는 당신에게

"비어 있어야 채울 수 있다"

새 아침, 60.5×72.5cm, 수제한지에 수묵, 채색, 1999

더 이상
물러설 곳이 없다고
느껴진다면

망나니가 춤을 춥니다. 칼춤입니다. 막걸리를 거푸 들어부으며 정신없이 칼춤을 춥니다. 춤을 추다 불현듯 칼을 내리칩니다. 망나니의 칼춤은 의식입니다. 자신은 물론 목을 내놓은 사람의 두려움과 공포를 내려놓게 해 주는 숭고한 의식입니다.

거꾸로, 목을 내어놓은 사람이 춤을 추면 어찌 될까요? 망나니는 과연 춤추는 그에게 칼을 내리칠 수 있을까요? 못할 것입니다. 절망의 순간에 추는 춤은 인간의 춤이 아닙니다. 그것은 강박의 굴레를 벗은 자유로운 영혼의 유영입니다. 세상의 어떤 노여움이나 분노로도, 미움이나 증오로도 칼을 내려치지 못하게 할 위엄입니다.

절망의 끝에서, 사람들은 춤을 춥니다. 그 절망이 크면 클수록, 견디기 힘든 공포감이 밀려올수록 하염없이 춤을 춥니다.

세기의 춤꾼 이사도라 던컨이 춤에 빠져들게 된 것은 아버지가 운영하는 은행이 파산하고 부모가 이혼한 직후였다고 합니다. 애초 발레를 배웠던 그녀는 정형화된 발레 동작을 버리는 대신 무형식의 몸짓을 통해 자유와 안식을 얻었습니다. 현대무용의 시발점이었습니다.

영화 〈마더〉에서 김혜자는 아들의 살인과 자신의 살인에 환각과 환영을 덧칠하기 위해 춤을 추고, 니코스 카잔차키스의《그리스인 조르바》에서 자유인 조르바와 두목은 크레타 섬의 광산 개발 사업으로 전 재산을 날렸을 때, 그때 비로소 필연의 미궁에서 벗어난 해방감으로 덩실덩실 춤을 춥니다.

그렇다. 내가 뜻밖의 해방감을 맛본 것은 정확하게 모든 것이 끝난 순간이었다. 엄청나게 복잡한 필연의 미궁에 들어 있다가 자유가 구석에서 놀고 있는 걸 발견한 것이었다. 나는 자유의 여신과 함께 놀았다.

— 니코스 카잔차키스, 《그리스인 조르바》 중에서

삶이란 때로 감당하기 힘든 좌절과 배신을 겪
게 하지만, 어이없게도 신은 그 순간을 위해 인간에게 춤을
선물했습니다. 너무나도 소중한 것을 잃었을 때, 간절히 원했
던 것을 이루지 못하고 방황할 때, 그제야 비로소 해방감을
느끼게 되는 우리네 영혼은, 그래서 언제나 야누스적입니다.
더 이상 물러설 곳이 없다고 느껴진다면, 이제, 춤을 출 때입
니다.

외로움마저 즐기든지,
연대하든지

한수영은 소설 《공허의 1/4》에서 이야기를 풀어 가는 실타래로 락스와 락스 냄새를 활용합니다. 류머티즘 관절염을 앓는 주인공의 심리를 묘사하기 위해서입니다. 마치, 락스로 죄다 문대 버리거나 칵 마셔 버리고 싶은—.

소설 속 주인공은 아파트 경비실에서 경리 일을 하며 어머니와 단 둘이 힘겹게 살고 있습니다. 넉넉지 않은 형편인데도 어머니는 늘 약장수 꼬임에 넘어가 쓸데없는 물건을 사다 놓곤 합니다. 그런 어머니가 싫고 류머티즘 관절염으로 인해 수시로 찾아오는 통증을 견디기 힘든 주인공에게 이 세상은 지옥과도 같습니다. 보기 싫은 얼룩을 지워 내는 락스는 다른 한편 독극물이기

도 합니다. 주인공이 락스에 천착하는 것은 그 두 가지 효능을
잘 알고 있기 때문일 것입니다.

시인 정희성은 〈불망기不忘記〉에서 시대의 아픔과 친구의 죽음
을 포르말린 냄새로 회억回憶합니다.

나는 안다 우리들 잠 속의 포르말린 냄새를…

영화감독 봉준호는 여기서 한 발짝 더 나갑니다. 미군이 한강
에 방류한 건 37퍼센트짜리 포르말린수가 아닌 독극물 포름알데
히드였고, 그래서 한강에 〈괴물〉이 출현하게 되었다는 것입니
다.

이 괴물들은 도대체 뭘까요?

지난해 한겨레문학상 대상을 수상한 장편소설 《표백》에 그 답
이 있습니다. 바로 20대가 그들입니다. 소설은 포르말린과 락스,
포름알데히드로 완전히 표백되어 버린 현실을 견뎌야 하는 20대
의 괴로움과 고통을 오롯이 담아냈습니다. 이른바 '표백세대'입
니다.

1980년대와 1990년대에 청춘을 보낸 이들에게는 독재 타도나

민주화 같은 시대적 담론이 있었습니다. 그러나 오늘날의 청춘에게 주어진 현실은 청년 실업이 100만 명이라느니 한 해 대학 등록금이 1천만 원에 육박한다는 등의 무겁고 어두운 얘기들뿐입니다. 선배세대들에 의해 이미 세상은 하얗게 표백되어 버렸으니, 더 이상 해야 할 것을 찾지 못하고 방황하는 청춘에게 작가는 표백세대라는 이름을 붙이고 있습니다.

얼마 전, 한 청년이 대형 할인 마트인 이마트에서 일하다 질식사 한 사건이 있었습니다. 한번은 그 청년의 어머니가 쓴 편지를 읽다가 그만 눈물을 삼키고 만 적이 있습니다.

편지에서 어머니는, 군대에서도 돈을 모아 어머니께 주던 아들, 휴가 나와서도 알바를 해야 했고, 제대 다음날 일을 나갔다 결국 주검으로 돌아온 아들을 그리워합니다. 장례식장에서 아들의 친구들이라도 보고 싶었지만 검정고시 출신인데다 학비 번다고 일만 하다 죽은 아들에겐 친구가 없었다고 마음 아파합니다. 이 대목을 읽을 때, 저절로 긴 한숨이 나왔습니다.

친구를 사귈 수 없는 청춘도 청춘일까요?
친구를 사귈 수도 없는 대학생활이 과연 대학생활인 걸까요?

우리 청춘들의 자화상을 이야기할 때 흔히들 '88만원세대'이

니, '3포세대'이니, '표백세대'이니 하며 여럿 갖다 이름을 붙입
니다. 하지만 청년의 어머니의 편지가 새삼 일깨워 준 건, 이들
이 '외로운 세대'라는 것입니다. 지독한 외로움 속에서 이 무겁
디무거운 현실의 짐을 온몸으로 견디려 발버둥치고 있는 것입니
다.

그런데 외로운 세대가 어디 청춘뿐이겠습니까? 입시에 찌든
청소년부터 정년이 점점 빨라지는 중년, 대책 없이 노후를 맞는
노년까지, 출구 없는 경쟁 속에 모두가 외로워합니다. 하염없는
외로움이 우리 시대의 자화상입니다.

소설가 공지영은《빗방울처럼 나는 혼자였다》
에서 외로움과 고독은 다른 것이라고 말합니다. 외로움은 당
하는 것이지만 고독은 스스로 선택한 결과라는 것입니다. 굳
이 혼자 있게 되었을 땐 외로움보다 고독을 선택하라는 건데,
그게 그리 쉬운 일은 아닐 듯합니다. 그렇다면 둘 중 하나입
니다. 외로움마저 즐기든지, 외로운 사람끼리 연대하든지.

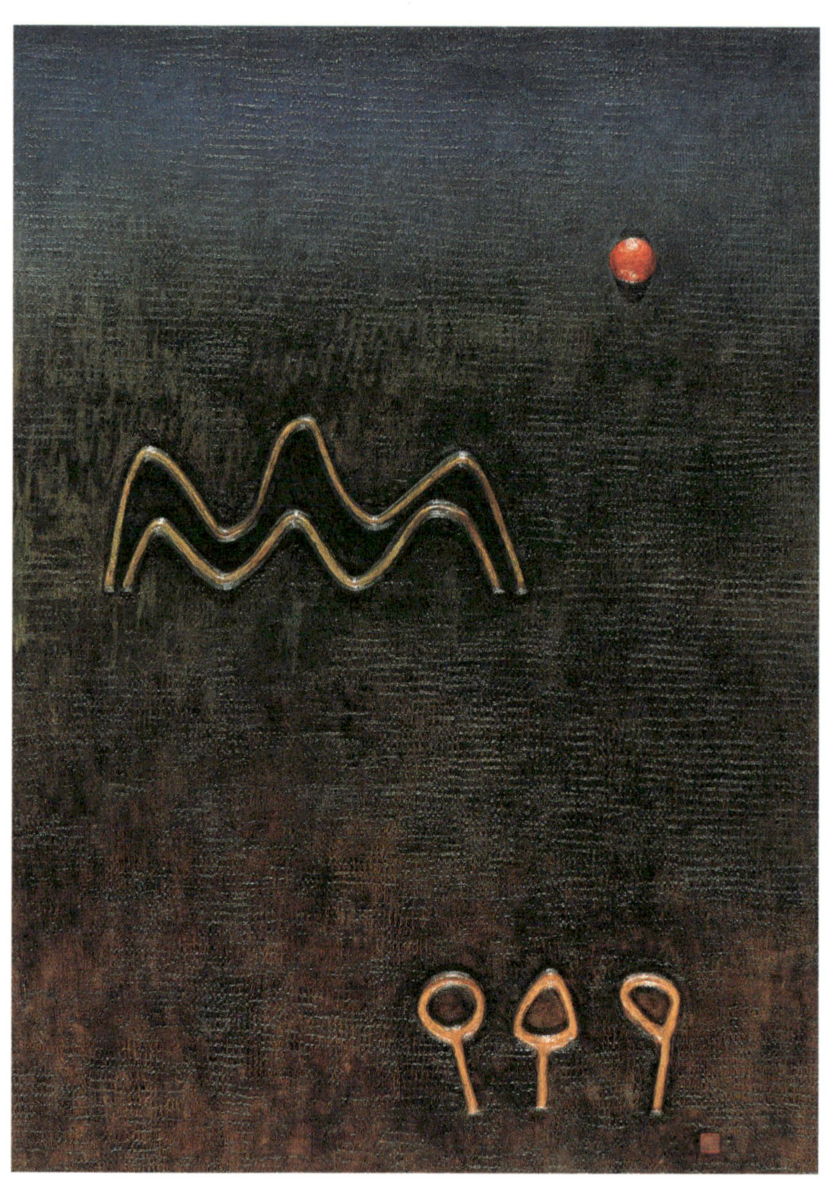

천지인, 212×148cm, 수제한지에 옻칠, 석채, 2012

한계를 받아들이면
가능성이 열린다

"나이를 먹는다는 것은 등산하는 것과 같다."

자서전 《아름다운 노년》에 담겨 있는 지미 카터의 말입니다. "오르면 오를수록 숨은 차지만 시야는 넓어진다"는 것입니다. 맞춤한 비유이지 않을 수 없습니다. 적절한 비유는 긴 글보다 설득력이 있습니다. 이 책의 짧은 글들에도 그런 비유를 담아내려 애를 썼습니다. 하지만 아직은 역부족인 듯합니다. 문득 회의가 듭니다.

"나는 과연 무엇을 알고 있는가?"

몽테뉴의 말입니다. 그는 '크세주(Que sais-je, 나는 무엇을 아는가?)'를 평생 화두로 삼았습니다. 오죽했으면 자신의 서재 천장에 "확실한 것은 하나도 없다는 것만이 확실하다"거나 "나는 판단을 유보한다"라는 문구를 붙여 놓았을까 싶습니다. 그의 말은 가볍지 않습니다. 20년 동안 아무런 물리적 강요나 제약도 없는 상태에서 오로지 단 한 권의 책을 집필하기 위해 매진했던 사람입니다. 그렇게 탄생한 책이 《에세 Les Essais》입니다.

프랑스인은 프랑스의 고유한 지적 계보를 형성하고 있는 작가들을 일러 모럴리스트 moraliste 라고 하고, 그 가장 앞자리에 몽테뉴의 이름을 넣습니다. 모럴리스트 몽테뉴의 정신은 이렇게 압축됩니다.

"뒤흔들고, 의심하고, 따져 묻고, 어떤 것도 단정하지 않고, 어떤 것도 다짐하지 않는 것."
— 이환, 《몽테뉴와 파스칼》 중에서, 고명섭의 《즐거운 지식》에서 재인용

몽테뉴는 학자들을 신뢰하지 않았습니다. 심지어 '학자들이 하는 말은 마치 새들이 모이를 맛도 보지 않고 새끼들의 입 속에 넣어 주는 것과 같다'고 말하기도 했습니다. 그런 몽테뉴가 평생 화두로 삼았던 건 '어떻게 살 것인가'였습니다. 제대로 된 삶을

위해 그는 "끊임없이 의심하라! 의심하고 또 의심하라"고 외쳤습니다.

> "몽테뉴는 이렇게 반복적으로 의심하는 과정을 통해 모든 맹목적 믿음에서 해방될 수 있고 정신의 자유를 얻을 수 있다고 생각했다. 몽테뉴는 절대니 영원이니 하는 불가능한 것을 포기하고 삶의 유한성을 있는 그대로 받아들이는 것만이 행복의 조건이라고 말했다. 이 유한한 삶에 자족하고 거기서 즐거움을 찾아야 한다는 것이다. 마음의 평안은 자신의 한계를 받아들이는 데서 온다."
>
> — 고명섭, 《즐거운 지식》 중

삶이란 수많은 결함과 결핍을 지녔습니다. 하지만 어쩔 수 없는 그 결함과 결핍 속에서도 자신만의 낙관과 긍정을 찾아 나서는 것, 그것이 바로 몽테뉴가 실천했고, 우리가 실천해야 할 삶의 자세입니다.

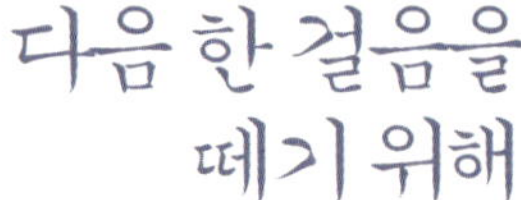

다음 한 걸음을
떼기 위해

"사랑은 잘나서 하는 게 아니라 두 못난이가 가면을 다 던져 버리고 서로를 있는 그대로 마주할 때, 그때 비로소 사랑은 시작된다."

뜯어보면 맞춤법이 엉망이지만, 이 문장 하나를 건진 것만으로도 좋았습니다. 이영미 감독의 영화 〈사물의 비밀〉 이야기입니다. 이 엉터리 문장은 이 영화의 주제이면서 동시에 영화 그 자체라 해도 무방합니다.

영화는 독특하게도 남녀 주인공이 각자 소유한 사물들이 화자로 등장합니다. 여자 주인공 사무실의 복사기가 여자 주인공의 일상을, 남자 주인공이 휴대하고 다니는 카메라가 남자 주인공의 일상을 관찰하면서 스토리가 전개되는 방식입니다.

영화는 어색한 만남, 빤한 목적을 가진 두 남녀의 애써 에두르는 감정놀이를 그리고 있습니다. 오죽했으면 그들의 내면을 들여다보는 사물의 시선마저도 냉소와 연민으로 점철되고 있을까 싶을 정도입니다.

그런데 과연 사물의 시선에 비친 인간의 허위와 위악은 증오와 냉소의 대상이기만 한 것일까요? 이 영화가 하고 싶은 말도 바로 이 점일 것입니다. 답답하고 한심하지만, 사랑이란 결국 그런 과정을 거쳐야 한다는 것, 스스로의 한계를 인정하고 받아들여야 비로소 싹이 튼다는 것입니다.

영화 〈사물의 비밀〉은, 제목 자체는 '사물의 비밀'이지만, 실은 '사물의 시선에 잡힌 인간의 비밀'을 얘기하고 있는 셈입니다. 그 비밀이란, 사랑이 스스로의 한계를 인정하고 받아들일 때 꽃피우듯, 우리네 삶도 그렇다는 것입니다.

눈 감지 말아야 합니다. 내게 문신처럼 박힌, 내보이고 싶지 않은 상처가 있더라도 정면으로 마주해야 합니다. 그래야 다음 한 걸음을 뗄 수 있습니다.

미스터
르몽드이야기

"호외요, 호외! 다이애나 비가 살아 있습니다."

"호외요, 호외! 에펠 탑에 공룡이 나타났어요!"

언젠가 광주역 대합실에서 김정일 사망 소식을 담은 '호외'가 돌아다니는 걸 보면서 문득 떠오른 사람이 있었습니다. 일명 '미스터 르몽드'라 불렸던 파리의 마지막 신문팔이 알리 아크바르입니다. 그는 한 팔에 〈르몽드〉 지를 가득 안고서 거리와 카페를 돌아다니며 특종을 소리 높여 외쳤습니다. 그런데 그에게는 손님의 시선을 끌어모으는 특별한 재주가 있었습니다. 신문의 1면 기사를 상식 밖의 특종 기사로 바꿔서 웃음을 자아낸 것입니다.

이를테면 이런 식입니다.

"호외요, 호외! 부시 대통령이 이슬람으로 개종했습니다."

파키스탄 빈민가에서 태어나 다섯 살 때부터 돈을 벌기 위해 거리에서 일했던 알리 아크바르는 신문팔이 30년 만에 어엿한 자기 집을 가진 집주인이 되었고, 무엇보다 자신의 삶과 한 가족의 가장이 되었습니다.

30년 넘게 생 제르망 데 프레 구역에서 신문을 팔아 온 그는 그 지역의 유명 인사가 되었습니다. 침울하기만 한 신문의 1면도 그의 상상력을 통과하면 웃음 넘치는 기발한 세상으로 바뀌었습니다. 그런 유머와 성실성이 그를 일약 파리의 유명 인사로 만든 힘일 것입니다. 파리 사람들은 그에게서 단지 〈르몽드〉가 아니라 긍정적인 마인드와 성실한 삶의 자세를 샀던 게 아닐까요.

'미스터 르몽드' 알리 아크바르가 우리에게 주는 선물은 단순히 웃음이 아닙니다. 희망입니다. 그냥 웃고 말 것인지, 그의 선물을 받아 갈 것인지는 순전히 우리에게 달렸습니다.

알리 아크바르의 삶의 이야기가 옹골차게 담겨 있는 그의 자서전《세상은 나를 울게 하고 나는 세상을 웃게 한다》를 보면서, 문득 그의 흉내를 내 봅니다.

"호외요, 호외! 올해 졸업생 전원이 취업에 성공했답니다."
"호외요, 호외! 유아원부터 대학까지 전면 무상교육이 실시된답니다."

심우도, 30×22cm, 한지에 수묵, 채색, 2012

솔직히 유교에 대한 선입견이 있었습니다. 뭐랄까, 굉장히 경직된 사상이라고 할까요. 특히 반상과 적서의 구분을 통한 신분주의로 인해 수많은 사람들을 핍박하는 데에 근거를 제공했다는 선입견이었습니다. 그런데 그것도 홍사중의 《나의 논어》를 잃기 전까지의 일입니다.

《나의 논어》를 읽어 보면 이런 편견이 유교, 특히 공자의 사상을 얼마나 크게 훼손하고 있는지 단박에 알 수 있습니다. 공자가 생각했던 사대부니 군자니 현인이니 하는 것들은 그런 경직된 신분주의와는 하등의 관계가 없습니다. 우리는 오랜 기간 동안 공자를 오독해 왔던 것입니다.

무엇보다 공자 자신이 서출입니다. 심하게 말하면 사생아에 가깝습니다. 공자 부모의 나이 차이는 무려 40세가 넘는데다, 어머니는 아버지에게 세 번째 부인입니다. 첫째 부인에게서 딸만 얻고 둘째 부인에게서 불구의 아들을 얻은 아버지가 마지못해 들인 부인이 공자의 어머니였습니다.

그렇게 태어난 공자는 어린 시절을 어렵게 보냈습니다. 그는 청년 시절 내내 주변 눈치를 살피면서 삶의 방편이 될 만한 이런저런 기술을 연마해야 했습니다. 공자 스스로 이 대목을 이렇게 상기합니다.

"나는 젊었을 때에는 신분이 낮았다. 그래서 하찮은 일들까지 배우지 않으면 안 되었다(五少也賤 故多能鄙事)."

《나의 논어》에 등장하는 수많은 공자의 생각들을 몇 번이고 곱씹어 보아야 합니다. 그중에서도 특히 다음 말을 뽑아낸 데는 그럴 만한 이유가 있습니다.

"출세하지 못하는 것을 한탄하기보다는 그런 지위에 어울리는 자격이나 실력이 없지는 않을까 하는 것을 걱정하라. 자기를 인정해 주는 사람이 없다고 한탄하지 말고 사람에게 인

정받을 만한 실적을 쌓도록 노력하라(不患無位 患所以立 不患
莫己知 求爲可知也)."

좌절이 일상이 되어 버린 오늘날, 공자가 2,500년의 세월을
건너뛰어 다시 주목받고 있는 이유입니다.

삶은,
오디세우스처럼

반복의 효과와 답습의 오류 사이를 오가고 있는 듯합니다. 비슷한 얘기를 여기저기서 떠들고 다니다 보니 기교는 느는 듯한데, 어느새 깊이를 놓치고 표피 언저리에서 놀아나고 있는 느낌입니다.

언젠가부터 강연 요청이 잦아졌고, 차마 뿌리칠 수 없어 전국에서 강의를 자주 하게 되면서 드는 생각들입니다. 듣기를 원하는 사람들이 있고, 또 오랜 시간 동안 실제 경험한 사례들을 통해 길어 올린 알곡들인 것은 분명한데, 그래서 반복이면 어떻고 답습이면 또 어떨까마는, 정작 내면에 이는 경고음은 어찌할 도리가 없습니다.

그러고 보니 요즘 많이 게을러졌습니다. 부진한 독서와 사색의 결핍이 위기의 본질일 터입니다. 동시에 여러 일을 하다 보니 바쁘고, 바쁘다 보니 건성이고, 건성이다 보니 깊이를 상실하는 것입니다. 최상의 강의를 위해서는 준비를 충분히 해야 하지만, 그럴 시간을 내기가 벅찬 탓이었습니다.

선택의 순간이 다가오고 있습니다. 더 이상 실패를 두려워하거나 현실적 고통을 핑계하며 내면의 울림을 외면할 수 없는 일입니다.

스스로 통제할 수 없는 힘에 직면했던 그리스 신화 속 오디세우스처럼 저마다 내디딘 인생의 항해 역시 도전과 실패를 통해 더욱 단련시켜야 할 터입니다. 예측불허의 난관과 싸운 오디세우스의 표류와 난파의 삶은 어쩌면 우리 모두의 운명과 유사한 것일지 모릅니다.

희망을 품은 고난, 모노 산달로스

미다스는 만지는 것마다 황금으로 변하게 하는 능력을 가졌지만 그 탓에 굶어죽게 됩니다. 이아손은 급물살이 흐르는 강가에 서 있는 노파를 업고 강을 건넙니다. 강을 건너는 도중 신발 한 짝을 잃어버려 모노 산달로스가 되지만 이아손이 업었던 노파가 실은 여신 헤라였습니다. 모노 산달로스 이아손은 결국 왕위를 되찾게 됩니다.

— 이윤기, 《그리스로마 신화》1권 중에서

모노 산달로스mono sandalos는 신발 한 짝을 잃어버린 사람이라는 뜻으로, 고난을 상징합니다. 예부터 모노 산달로스를 모티

브로 한 이야기는 동서양을 막론하고 넘쳐납니다. 서구에 신데
렐라가 있다면 우리나라엔 콩쥐가 있습니다. 서구에 이아손과
테세우스 신화가 있다면 동양엔 달마대사 이야기가 있습니다.

최인호의 《유림》에는 비운의 개혁 정치가 조광조와 교유하던
가파치가 유배 길에 오른 조광조에게 색깔이 다른 '태사혜'를 지
어 주는 장면이 나옵니다. 그런데 가파치의 태사혜는 어찌된 일
인지 두 짝의 색깔이 달랐습니다. 한 짝은 검은색, 한 짝은 흰색.
현실과 이상의 괴리를 상징하는 듯도 하고, 중요한 건 색깔이 아
니라 신발로서 기능에 충실하면 된다는 뜻인 듯도 하고. 이 또한
모노 산달로스의 변형입니다.

얼핏 모노 산달로스는 고난의 상징인 듯 보입
니다. 그러나 자세히 보면, 실은 그 고난 뒤에 어떤 미래가 오
게 되는지에 무게가 실린 상징입니다. 저마다 미다스를 자처
하며 물질만능의 세상을 만들어 가고 있는 무한 경쟁 시대에
외롭게 서 있는 노파에게 기꺼이 등짝을 내어 주는 이아손의
따스함을 기대하는 건 무리인지도 모릅니다. 하지만 우리는
미다스의 최후를 잘 알고 있습니다. 하기에, 더욱 더 이아손
의 모노 산달로스를 연민하게 됩니다.

내 안의 보듬기
치숙痴叔

해병대의 기수열외 사건이 언론의 도마에 오른 적이 있습니다. 이른바 기수열외된 사병이 총기를 난사해서 4명의 고귀한 생명을 잃고 난 뒤였습니다. 특정 해병에게 선임 대우도, 후임 대우도 안 해 주는 식으로 집단 따돌리는 행태를 일러 기수열외라 한답니다.

그러고 보니 대학 시절이 생각납니다. 검정고시 출신인 데다 나이보다 입학년도가 늦었던 나를 동기들은 형이라 불렀고, 선배들도 그런 내게 선뜻 말을 놓지 못했습니다. 어느덧 한 움큼의 세월이 지난 지금도 내겐 대학 친구가 거의 없습니다. 일종의 기수열외자였던 셈입니다.

심지어 군대에서는 고문관이었습니다. 한겨울에 홑도복을 입고 다리 찢기와 정권 단련에 시달렸지만 끝내 단증을 따지 못한 탓에 고문관 취급을 받았습니다. 그런데 굼벵이도 기는 재주가 있는지라, 병공통과제를 죄다 외워 교관 대타를 하면서 나머지 시간을 버텼습니다.

옛날 시골엔 치숙痴叔 한 명쯤은 있었습니다. 치숙이란 머리가 좀 모자란 사람 혹은 온전치 못한 정신을 가진 사람을 이르는 말입니다. 그러나 치숙은 소외와 왕따의 대상이 아니라 선산을 지키는 굽은 소나무였습니다. 잘난 자식들 열심히 가르쳐 봐야 저 잘나서 출세한 줄 알고 죄다 부모와 고향을 등지는 것처럼 멋스럽게 쭉쭉 뻗은 소나무는 자라는 족족 잘려 나갈 수밖에 없습니다. 치숙 혹은 굽은 소나무는 출세할 일도, 잘려 나갈 일도 없으니 고향에 남아서 조상의 선산을 지키게 마련인 것입니다.

남의 모자람을 흉보기보다 앞서 내 안의 치숙부터 보듬어야 합니다. 그러면 장애투성이 세상이 한결 새롭게 보입니다.

진리를 찾아서, 32×39cm, 수제한지에 수묵, 천연염색, 2008

아름다운 것들이
아름다울 수밖에
없는 이유

지금도 연필을 고집하는 작가가 있습니다. 특히 김훈이 그렇습니다. 그는 컴퓨터가 아닌 연필로 글을 쓰는 이유를 '아날로그적 삶의 기쁨'이라 말합니다. 트랙터가 아닌 말로 농사지으며 자급자족의 삶을 살고 있는 생태사상가이자 《지식의 역습》 저자인 웬델 베리 역시 연필로 글을 씁니다.

연필로 글을 쓰면 몸이 글을 밀고 나가는 느낌이 듭니다. 인간이 연주하는 음악이 아름다운 건 악기가 몸의 일부로써 작동하고 있기 때문입니다. 근육과 살의 육박으로 나아가는 자전거, 솜씨 좋은 목수의 망치질 역시 그러한 아름다움을 만들어 냅니다.

결국 모든 아름다운 것들은 인간의 내면에 도
사리고 있는 결핍의 소산이며, 모든 상상력은 스스로의 결핍
에 대한 자기 확인입니다.

이그쥬가르쥬크의
참지혜를 얻는 법

"참지혜는 사람들에게서 아득히 떨어진 채 절대 고독 속에 은거隱居하는데, 이 참지혜에는 오로지 고통을 통해서만 이를 수 있다. 버리는 것과 고통스러워하는 것만이 세상으로 통하는 마음의 문을 열게 할 수 있는데, 사람들은 이것을 모르고 있다."

캐나다 북부 카리부 지역에 사는 에스키모 샤먼 이그쥬가르쥬크Igjugarjuk가 사람들에게 들려준 말로, 조셉 캠벨의《신화의 힘》서문에 소개되어 있습니다.

살다 보면 누구나 고통에 맞닥뜨리게 됩니다. 따라서 중요한 것은, 맞서느냐 피하느냐입니다. 어떤 사람은 시대의 불행과 맞서는 고통을 감내합니다. 얼마 전 비정규직 없는 세상을 만들겠다며 목숨 건 싸움을 벌인 김진숙 같은 사람입니다.

반면, 우리 대부분은 애써 그것을 외면하는 비겁을 살고 있습니다. 시대의 아픔까지 갈 필요도 없습니다. 오늘 하루 나는 얼마나 고통을 감내했는가를 돌이켜 보면 됩니다.

스피노자는 고통을 받아들이는 데 필요한 용기를 강조하면서 다음과 같이 말했습니다.

"내용을 알려고 하는 순간, 고통은 이미 고통이 아니다."

우리는 고통에 맞설 용기가 부족하여 늘 고통을 피하려고만 합니다. 그러니 우리에게 참지혜는 얼마나 멀리 있습니까?

삶이 아름다운 건
변화의 가능성이 있기
때문이다

무자비하고 냉혹하기 짝이 없던 아킬레우스는 아들을 잃은 프리아모스 왕에게 연민을 느껴 시신을 돌려주고 위로까지 합니다. 얼핏 아킬레우스는 악의 화신으로 보일 수도 있지만 그에겐 선한 마음도 있었습니다. 어디 아킬레우스뿐이겠습니까. 모든 이의 마음속엔 선과 악이 공존합니다. 문제는 어떤 것으로 사느냐일 것입니다.

제우스는 자신의 문지방에 와인 통 두 개를 세워 놓았습니다. 하나는 선의 통, 다른 하나는 악의 통입니다. 악의 와인만 받은 사람은 파멸에 빠집니다. 반면 두 개를 섞어서 받은 사람은 때에 따라 좋은 운명을 만나거나 나쁜 운명을 만납니다.

그런데 플라톤이 쓴 《국가》에서 소크라테스는 실수를 범합니다. 《일리어드》(24권)를 인용하면서 제우스에게 악의 와인만 받은 사람이 파멸하는 것이 아니라 한 가지 와인만 받은 사람이 파멸한다고 한 것입니다.

이것이 드 바우어의 '철학적 전환'입니다. 종교와 달리 철학은 선과 악에 동등한 권리를 부여합니다. 인간에게 악 없는 선이란 선 없는 악만큼 온당치 못하다는 것입니다.

신화 혹은 종교는 삶의 매 순간에 신의 의지가 깃들어 있다고 말하지만, 철학은 결국 인간의 삶이란 신의 선택이 아니라 스스로의 선택에 달려 있다고 여깁니다. 기계적으로 선한 와인을 받은 사람은 행복하고 악의 와인을 받은 사람은 불행한 것이 아니라, 선이든 악이든 선택의 여지를 갖지 못하는 삶 자체가 불행한 것입니다.

정해진 운명대로만 살아야 한다면 그 얼마나 따분하고 고루한 삶일까요. 삶이 아름다운 건 변화의 가능성이 있기 때문입니다. 신이 인간의 삶을 규정한다고 말하는 종교보다 스스로 삶의 양태를 만들어 낼 수 있다고 믿는 철학이 훨씬 매력적인 이유입니다.

반본환원(返本還源), 72×144cm, 수제한지에 수묵, 천연염색, 2008

삶은 조건이 아니라 자세이다

　　7년간 머물렀던 대학을 그만두기로 결정했을 때 주위 사람 대부분이 "나중에 후회할 거"라고 충고했습니다. 그 이후, 그들의 말이 옳았다는 생각을 골백번도 더 해야 했을 만큼 사회는 냉혹했습니다. 그렇기로 후회와 자탄으로 허송하지는 않았습니다.

　　어렵게 들어갔던 신문사를 그만두기로 결정했을 때 어떤 선배는 "이런 식으로 끝내면 앞으로 살아가기 힘들 거"라며 의미심장하게 충고했습니다. 역시 그 말이 맞았다는 생각을 할 때가 많았지만, 그렇기로 할 일을 못하진 않았습니다.

　　나름 알아주는 대학에 멀쩡하게 다니던 학생들이 대학을 거부하고 있습니다. 고려대 김예슬에 이어 서울대 유윤종이 대학 거부 선언을 하며 자퇴했습니다. 김예슬에겐 충격을 받았던 동료 학생들이 유윤종에겐 냉소적 반응을 보인다고도 합니다.

아무려나 그네들의 고뇌를 이해합니다. 선배로서 격려도 해 주고 싶습니다. 삶은 조건이 아니라 자세이다, 결핍도 때론 경쟁력이 될 수 있다, 때로 외로웠지만 그로 인해 사람에게 먼저 다가가는 법을 알게 되었다, 라고.

어미 매는 새끼 매에게 먹이를 줄 때 높은 곳에서 먹이를 떨어뜨립니다. 그 먹이를 차지하려고 새끼들은 위험을 무릅쓰게 되고, 개중엔 둥지에서 떨어져 다리가 부러지는 녀석도 생깁니다. 어미 매가 노리는 것은 바로 이 다리를 다친 낙상매입니다. 낙상매는 유별나게 사납고 억샌 매로 성장합니다.

《사생아, 그 위대한 역사의 반전》에 나오는 이야기입니다. 서얼 출신 조선 후기 실학자 이덕무의 설명에 따르면, 낙상매는 때때로 금테 발찌를 두르고 임금의 사냥에 사용되곤 했습니다.

인류 역사엔 숱한 낙상매가 등장합니다. 독일 학자 아이히바

움이 서양 출신 천재들의 정신을 분석해 보니 78명의 천재 중 83퍼센트인 65명이 육체나 가족관계에서 결함을 가진 사람이었다고 합니다.

프랑스 출신으로 영국 왕이 된 정복왕 윌리엄, 상속권을 박탈당했던 인류 최고 천재 레오나르도 다 빈치, 잉카 제국을 정복한 프란시스코 피사로, 버림받은 공주의 신분으로 세계 제국을 건설한 엘리자베스 1세, 19세기 프랑스의 가장 유명한 극작가 알렉상드르 소(小) 뒤마, 19세기 최고의 탐험가 헨리 스탠리, 세계적인 문학가 잭 런던, 20세기 최고의 재즈 가수 빌리 홀리데이, 이밖에도 에바 페론, 피델 카스트로, 알렉산더 해밀턴이 그들입니다.

무소불위의 권력을 누린 중국의 진시황도 마찬가지입니다. 강력한 카리스마로 춘추전국시대의 혼란을 평정하고 당당히 중국 대륙의 황제로 군림한 풍운아 진시황이지만, 그 역시 진나라의 거상 여불위의 사생아로 태어났습니다.

가장 가깝게는 얼마 전 타계한 스티브 잡스가 있습니다. 모두들 그에 대해 얘기할 때면 출생 배경을 빼놓지 않는 이유가 있습니다. 역경을 딛고 일어선 인물이라는 걸 강조하기 위해서입니다. 그는 사생아로 태어나 입양아로 삶을 시작했지만, 그 역경을 딛고 이 시대 창의성의 아이콘이 되었습니다.

환경을 탓하며 한탄으로 허송하는 이들이 있다면 새겨 둘 일입니다. 때로 결핍은 강력한 무기이며 경쟁력이 될 수도 있다는 사실을. 실패와 좌절을 딛고 일어선 낙상매가 강인한 힘과 생명력을 갖게 되는 이치를.

승화된 결핍은
오롯이
경쟁력이 된다

현승이를 처음 만난 건 테드엑스인하(TED×InhaU)에서입니다. 함께 연사로 나선 모델 겸 연기자인 이지영 씨가 연사 명단에도 없는 더벅머리 청년을 무대에 올려 하모니카와 피아노를 연주하게 하는 순간, 뭔가 심상치 않다 싶었습니다. 아니나 다를까, 예의 감동적인 이야기가 흘러나옵니다. 청년은 연주를 마치더니 연사를 직접 소개했습니다.

"저기 앉아계신 예쁜 여성 분 있죠? 그분이 바로 저의 어머니이십니다. 큰 박수로 맞아 주세요."

한바탕 웃음이 터진 뒤 현승이 엄마 이지영 씨가 무대 위로 올랐습니다. 그리고 차분하게 자신과 현승이에 대한 이야기를 풀어냈습니다.

"20대 초반에 현승이를 낳았는데, 아기가 많이 아팠어요. 병원에 갔더니 의사도 손을 쓸 수 없다고 했어요. 저는 포기할 수 없었어요. 큰 병원에 가서 12시간을 수술한 끝에 살아났어요."

네, 그렇습니다. 스무 살 청년 현승이는 7~8세 정도의 지적 능력을 가진 장애인입니다. 생후 한 달 만에 뇌수종과 뇌종양 판정을 받고 사경을 헤매다 12시간의 대수술 끝에 다시 태어난 현승이에겐, 그러나 신의 선물이 있었습니다. 한 번 들은 CF음악을 악보 없이 바로 연주하고, 즉흥 감정을 음악으로 표현하는 탁월한 예술 감각을 가진 것입니다.

행여 서번트증후군이나 아스퍼거증후군이 아닐까 싶었지만 어머니는 한사코 겸손해하십니다. 모델 겸 연기자 생활을 하고 있다는 어머니는 현승이로 인해 나날이 기쁘고 행복하다며 객석을 향해 방긋 웃습니다.

"어려운 일에 처하거나 희망을 잃어버린 분들에게 저와 제 아들 현승이의 이야기가 희망의 증거가 되었으면 좋겠어요."

그날, 그에게서 많은 것을 배웠습니다. 진정한 행복이란 더 많이 갖는 것, 더 많이 사랑받는 것이 아니라 더 많이 나누는 것, 그리고 더 많이 사랑하는 것임을.

지난 1월, 찬바람 부는 주말 오후 강남역은 사람들로 붐볐습니다. 가던 길을 멈추고 초대장을 꺼내 약도를 살피길 두어 번, 겨우 목적지를 찾을 수 있었습니다. 연주는 이미 시작되어 있었습니다. 현승이의 음악 교습을 도와주는 청년의 연주였습니다. 얼핏 듣기에도 수준급이었습니다.

청년의 하모니카 연주가 끝나자 또 다른 청년 현승이가 일어나 객석을 향해 짧은 인사를 했습니다. 그리곤 곧바로 피아노를 연주했습니다. 〈피아노 맨〉이었습니다. 연주가 꽤 안정적이었고, 연주자는 물론 청중 모두 진지한 표정으로 몰입했으며, 사위가 고요했지만 이따금 객석의 누군가가 고르지 못한 숨소리로 연주에 추임새를 넣어 주었습니다. 여느 음악회와 다를 바 없는 풍경이었습니다.

늦게 도착해서 자리에 앉을 수 없었지만, 한 시간 반이 훌쩍 지난 연주 시간 동안 다리가 아프다는 생각조차 잊어버렸습니다. 그만큼 집중했고, 집중하게 만든 훌륭한 음악회였습니다. 하모니카 듀오 연주에 이어 교대로 피아노와 하모니카를 연주했고, 특히 말미의 스토리가 곁들여진 즉흥 음악극은 현승이의 천진함이 잘 묻어나는 음악 이야기였습니다.

긴장한 탓인지 한 곡이 끝나기 무섭게 서둘러 다음 곡을 연주하는 등 속도 조절이 필요해 보였던 점을 제외하면 나무랄 것 하나 없는 훌륭한 연주회였습니다. 그런데 파트너의 요청에 마지못해 하는 현승이의 인사말이 또 가관이었습니다. 어디서 배웠는지, 의례적이고 상투적인 인사말을 능청스럽게 반복했습니다.

"바쁘신 와중에도 보잘것없는 저의 음악회에 와 주신 여러분 고맙습니다. 여기 계신 분들 모두가 커다란 선물입니다. 하나님의 은혜와 행복이 함께 하시길 바랍니다."

싫지 않았습니다. 그 의례적이고 상투적인 인사말이 외려 반가웠고, 또 고마웠습니다. 저리 야무진 청년인 것을….

고통 없는 사람, 걱정 없는 사람이 어디 있을까요? 더러는 복에 겨워서, 더러는 진짜로 가진 게 없어서 힘들어합니다. 그런데 현승이의 천진함을 보고 있노라면 그런 괴로움이나 고통이 얼마나 허무하고 헛된 것인가를 절감하게 됩니다.

내게 무언가 결핍되어 있다고 생각하면 괴롭고 고통스럽습니다. 그러나 생각해 보면, 크든 작든 결핍이란 누구에게나 있습니다. 중요한 건 결핍 때문에 좌절하고 마느냐, 그것을 긍정적으로 수용하고 극복해 나가느냐입니다. 결핍도 때론 힘이 된다는 걸 현승이와 현승이 엄마는 몸소 살아내며 보여주고 있습니다. 그렇게 승화된 결핍은 오롯이 경쟁력이 됩니다.

우리 좋은 날, 90×70cm, 부조한지에 수묵, 채색, 1998

스스로 돌아보고
분발을 다짐할 때가
새로운 인생의 출발점

철딱서니 없던 초중학교 시절, 키 작고 공부 못하는 친구들을 무시하며 지냈던 적이 있습니다. 지금 생각해 보면 정말로 우습고 유치하고 어처구니없는 일이지만, 그땐 정말로 그러고 다녔습니다. 겸손과 배려, 더불어 사는 삶의 소중함을 역설하고 다니는 사람으로서 과거가 그러했다는 게 어이없지만, 어쩌겠습니까, 그게 사실인 것을.

청년이 되어서도 세상물정 모르고 날뛰던 시절이 있었습니다. 쥐뿔도 가진 게 없던 주제에 영화를 제작해 보겠노라고 사무실 내고 천방지축 뛰어다녔던 것입니다. 돈이 궁해 여기저기 돌아다니다가 중학교 동창을 만났는데, 마침 그 친구가 은행에 다닌

다기에 다짜고짜 대출 좀 해 달라고 부탁했습니다. 그 친구, 순간 야릇한 미소를 지으며 한 마디를 합니다.

"니가 날 친구로 여기기나 했었니?"

갑자기 후회가 밀려와서 눈물을 흘리며 그땐 내가 정말 철이 없어서 그랬노라고, 잘못했다고, 다신 그러지 않겠다고, 이제부터 개과천선해서 정말 잘하겠다고, 굳게 다짐하고 서약까지 해도 시원찮을 판이었건만… 개뿔 같은 자존심은 살아 있었는지 녀석에게 되레 큰 소리를 쳤습니다.

"자식, 많이 컸네."

지난 연말, 그 친구를 다시 만나 술 한 잔 할 기회가 있었습니다. 친구는 다시 어린 시절로 돌아 간 듯 내 앞에서 어깨를 움츠리며 신세한탄을 늘어놓는 것입니다. 직장 생활 20년에 남은 거라곤 달랑 아파트 한 채라는 둥, 매일같이 쫓겨날 걱정 하며 살얼음판을 걷고 있다는 둥, 자유롭게 돌아다니며 글도 쓰고 강의도 하는 내가 부럽다는 둥…. 위로를 해 주고 싶었지만 여지없이 지난 일이 떠올라 혼잣말로 이죽거리고 말았습니다.

'그러게, 잘 나갈 때 주변도 좀 살피고 그러지 그랬냐.'

그날 친구와 오랜 시간 많은 얘길 주고받았지만 기억나는 건 하나도 없습니다. 대신 오래전 읽었던 《남자의 후반생》을 다시 읽는 계기가 되었습니다. 이 책에는 인생의 후반부를 열심히 살아 비로소 후회 없는 삶을 완성해 낸 중국 역사 속 인물 22명 이야기가 담겨 있는데, 새삼 인생의 의미를 되돌아보게 해 줍니다.

타고난 능력과 좋은 환경 덕분에 일찍이 성공 가도를 달리는 사람이 있습니다. 그러나 웃자란 벼는 익기도 전에 사람 손을 타게 마련이고 모난 돌은 정을 맞는 게 또 세상사 이치이기도 합니다. 너무 이른 출세나 인생 초반부의 성공은 스스로 자만을 부르기 쉽고 주위에 적을 만들 우려가 있는데다 위기를 관리하는 경험을 하지 못한 이유로 쉽게 몰락의 나락에 빠져들 가능성도 큽니다.

한편, 환경이 열악한데다 불행까지 겹쳐 실패를 거듭하던 사람이 좌절하지 않고 분발하여 끝내 인생의 후반부에 이르러서 성공을 거두었을 때는 얘기가 달라집니다. 그 성공은 간단히 무너지지 않을 것이며, 인생을 온전히 불살라 이룬 성취이기에 더욱 값진 것이 될 터입니다. 이 책에서 소개하고 있는 사람들이 바로 그들입니다.

한나라 때 정치가 주매신은 젊은 시절 무능해서 아내로부터 버림받은 사람입니다. 하지만 학문의 뜻을 굽히지 않은 그는 무려 오십에 이르러 출사하게 됩니다. 오십부귀(五十富貴)라는 말이 나온 사연입니다. 성공한 이후 옛 아내를 정성껏 보살피는 일도 마다하지 않은 훌륭한 인물입니다.

춘추전국시대 때 월나라 충신인 범려는 거부의 상징이기도 합니다. 그러나 그는 부를 결코 헛되이 쓰지 않았습니다. 일찍이 월나라의 대장군에 오르기도 했지만, 스스로 정계에서 물러나 장사에 뜻을 두고 평생 돈을 모아 어려운 사람들을 돌보며 생을 마감했습니다. 세속의 출세에 연연하기보다 자신의 위치와 능력을 스스로 모실 줄 알았던 진정한 현인의 모습이라 하지 않을 수 없습니다.

전국시대 말기 진나라의 재상인 여불위는 승부수를 던져 성공한 사람입니다. 소위 '올인'이라는 말을 떠올리게 하는데, 그는 한낱 인질에 불과했던 진나라의 공자 자초에게 올인해 계략을 꾸미고 끝내 왕으로 세운 뒤, 장차 그의 아들 정이 전국을 통일하는 데 일익을 담당합니다. 항간에는 그가 정(시황제)의 친부라는 소문이 떠돌기도 합니다.

이름은 다소 생소하지만, 명나라 말기 석학이자 당대 최고의 인생론 《신음어》를 쓴 여신오도 있습니다. 그는 인생의 매 순간을 정성 들여 기록해 두었고, 그게 훗날까지 전해져 그의 이름을 빛나게 하고 있습니다. 그의 인생에 대한 일갈은 오늘 되새겨도 가슴을 파고드는 감동으로 다가옵니다.

"가난은 부끄러워할 일이 아니다. 정작 부끄러운 일은 가난하면서도 뜻이 없음이다. (…) 늙음을 한탄해서는 안 된다. 오히려 아무 목적 없이 늙어 가는 것을 한탄해야 한다."

도대체 인생의 후반부는 언제부터일까요? 아마 사람에 따라 다를 것입니다. 스스로 삶을 돌아보며 분발을 다짐하는 때, 그때가 바로 새로운 인생의 출발점이 아닐까 싶습니다. 공자는 마흔에 미혹됨이 없어지고, 오십에 천명을 알게 되었다고 했습니다. 인생은 새옹지마라고들 하지만, 사실은 필연의 연속입니다. 뜻을 세우고 최선을 다해야 비로소 앞이 보입니다.

사람이 위대한 것은
시행착오를 반복하기 때문

"탱고를 추는 것을 두려워할 필요는 없다오. 인생과 달리 탱고엔 실수가 없소. 실수로 발이 뒤엉키면 다시 추면 되오. 그게 바로 탱고라오."

영화 〈여인의 향기〉에서 자칭 플레이보이인 눈먼 퇴역 장교 프랭크 슬레드(알 파치노 분)가 여행 도중 레스토랑에서 만난 미모의 여성 도나에게 들려주는 말입니다. 얼핏 여성을 유혹하기 위한 말로 들리지만, 사실 거기 깊은 의미가 담겨 있습니다. 실수가 두려워서 도전하지 못하는 바보가 돼선 안 된다는 뜻일 겁니다.

깊은 울림을 주는 사색가이면서 뛰어난 서예가이기도 한 신영
복 선생은 언젠가 특강에서 자신의 글씨체에 대한 이야기를 들
려주었습니다.

"첫 획이 잘못되었다고 실망할 필요가 없습니다. 첫 획이 너무
굵거나 삐뚤어졌다면 다음 획에서 균형을 맞추면 되는 것입니다.
획을 더하며 균형을 맞추다 보면 저절로 좋은 글씨가 됩니다. 그
게 바로 나의 글씨입니다."

부딪쳐 보지도 않고 지레 겁을 먹거나 실패가 두려워 주저하
는 순간에 새겨들어야 할 이야기입니다. 사람이 위대한 것은 시
행착오를 반복하기 때문이라는 말도 있습니다. 바로, 실수가 우
리를 단련시키기 때문입니다.

삶은 늘 그렇습니다. 살다 보면 누구나 실수를
하게 마련입니다. 그러나 실수를 두려워할 필요는 없습니다.
실수 한 번 했다고 해서 인생이 끝나 버리는 일은 생각보다
그렇게 자주 일어나지 않습니다. 오히려 실수가 두려워 아무
것도 하지 못하는 것이야말로 진정 두려워해야 할 일입니다.

온 우주를
내 편으로 만드는 법

　세상이 나를 알아주지 않는다고 비관하기 전에 스스로를 돌아볼 일입니다. 나는 과연 세상이 알아줄 만큼 노력하는 삶을 살았는가. 노력하지도 않으면서 세상을 원망하고 남 탓만 하는 사람들이 있습니다. 어리석은 사람들입니다. 소박한 일이라도 꾸준히 실천하다 보면 세상은 반드시 신호를 보내게 돼 있습니다.

　누구나 알 수 있지만, 실은 아무나 알지 못하는 세상의 비밀이 그것입니다. 파울로 코엘료는 그 비밀을 알고 있었던 듯합니다. 그렇지 않고서야 어찌 《연금술사》에서 "간절히 원하면 온 우주가 나서서 도와줄 것"이라는 문장을 만들어 냈겠습니까. 그 자신, 작가로서 그러한 삶의 자세를 견지하고 싶었을 것입니다.

이제 온 우주를 내 편으로 만드는 법을 알았으
니, 간절히 원하는 일만 남았습니다. 나는 진정 무엇을 원합
니까? 우선 그것부터 알아내는 게 필요합니다.

전설, 22×30cm, 수제한지에 수묵, 염색, 2003

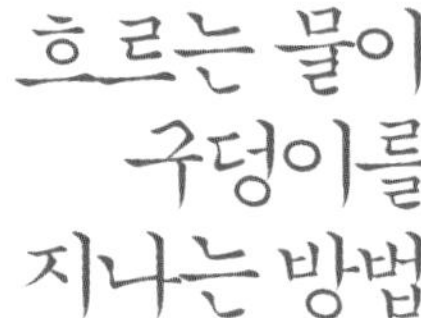

흐르는 물이
구덩이를
지나는 방법

"흐르는 물이란 구덩이를 채우지 않으면 가지 않는다."

황광우의 《철학하라》에서 건진 맹자의 말입니다.

흐르는 물 앞에 구덩이가 있으면 물은 일단 구덩이를 채웁니다. 물이 차기 전에는 흐름을 멈출 수밖에 없고, 구덩이를 가득 채운 뒤라야 비로소 흐릅니다. 단순한 자연의 이치에서 맹자는 인간의 덕목을 이끌어 냅니다. 무릇 군자는 학문과 덕행을 차근 차근 쌓아 가야 한다는 말입니다. 역경과 시련 앞에서 고통스러워하며 갈피를 잡지 못하는 어리석은 자들에게는 기다림과 인내의 의미를 알려주는 말이기도 합니다.

누구나 역경과 고통에서 벗어나고 싶어 합니다. 별별 수를 내 보거나 도망쳐 보기도 합니다. 그러나 그런다고 고통이 해소되는 것은 아닙니다. 겪어야 할 것은 겪어야 합니다. 그래야 비로소 고통에서 해방될 수 있습니다. 물이 구덩이를 채우지 않으면 더 이상 흐르지 않듯이, 고통도 겪어야 벗어날 수 있습니다.

맹자는 어려움을 긍정합니다. 어려움은 또 다른 새로움의 시작입니다. 어려움을 이겨 낸 자만이 새로운 단계, 새로운 세상에 진입할 수 있습니다. 그래서 맹자는 또 말합니다. 지금의 어려움은 아무것도 아니라고.

같은 문제를 두고 서양에선 어떻게 표현했을지 궁금합니다. 고통의 문제라면 동서를 가릴 것 없는 모두의 관심사이기 때문입니다. 조셉 캠벨의《신화의 힘》에 나오는 에스키모 샤먼 이그쥬가르쥬크의 격언을 기억합니다. 삶의 지혜는 고통을 통해서만 얻을 수 있는데, 우리는 늘 고통을 피해 다니기만 하니 지혜를 얻지 못하는 게 당연하다고 합니다.

빅터 프랭클의《죽음의 수용소에서》에도 비슷한 금언이 등장합니다. 맹자가 "지금의 어려움은 아무것도 아닌 것"이라고 했듯, 비스마르크는 "제아무리 견디기 힘든 고통이라 해도 단지 치과의사 앞에 앉기 전의 짧은 고통에 불과하다"라고 말합니다. 어떤 고통도 지나고 나면 별 것 아니라는 뜻입니다. 스피노자는 또

"어떤 고통도 그 내용을 알려고 하는 순간 고통으로서의 의미를 잃는다"고 했습니다.

　동서의 현인들이 전한 소중한 가르침들은, 고통을 피하지 말고 견디며 후일을 도모하라는 뜻일 것입니다. 노숙인 인문학 강좌를 하면서 느낀 바지만, 그들은 대체로 고통스런 상황을 견디지 못한 사람들입니다. 견디지 못하고 피해 버리는 것입니다. 그러면 덜 힘들 것이라고 생각했을지 모르겠는데, 그게 어디 그런가 싶습니다. 혹자는 집을 나오고 혹자는 스스로를 고립시키지만, 종내 돌아오는 건 평안이 아니라 더 큰 고통과 불안, 공포감입니다. 불안과 두려움이 가득하니, 그 어떤 일도 할 수 없습니다.

　살다 보면 누구나 고통스런 상황을 맞게 마련입니다. 하지만 피한다고 해서 해결되는 건 없습니다. 맞서야 합니다. 맞서고 견뎌야만 비로소 해결의 실마리를 찾을 수 있습니다. 어느 순간 구덩이에 빠졌다고 생각하면 그만입니다. 서서히 흘러내린 물이 그 구덩이를 메우고 나면 자연스럽게 다시 흐름이 이어질 것입니다.

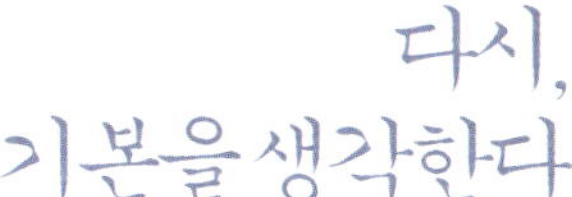

다시,
기본을 생각한다

사안을 너무 복잡하게, 너무 복합적으로만 보려는 관성이 외려 사태의 본질을 왜곡하고 해결을 어렵게 만듭니다. 복잡할수록 단순하게, 어려울수록 기본을 충실히 하는 것에서 해결의 실마리를 찾을 수 있지 않을까요.

거추장스러운 조건들을 죄다 걷어 내고, 다시, 기본에서 생각할 때입니다.

결
핍
에
너
지

2

오늘도 깨지고 상처 입고 아파하는 당신에게
"무소의 뿔은 혼자서 간다"

지혜의 꽃, 113×74cm, 수제한지에 수묵, 옻칠, 2010

나는, 어디쯤인가요?

자동차 백미러에 비친 사물은 실제보다 가깝게 있지만 산 정상은 당신이 생각하는 것보다는 언제나 더 멀리 있습니다. 가까워 보이는 것이 사실은 매우 멀리 떨어져 있는 경우를 적어도 한 번은 겪게 됩니다.

— 파울로 코엘료, 《등산 안내서》 중에서

가깝다고 생각했던 사람이 일순 낯설게 느껴질 때가 있습니다. 사람에 대한 신뢰는 대수롭지 않은 이해에 무너지기도 하고 아주 사소한 감정부스러기에 상처가 나기도 합니다. 때로는 알지 못하는 사람과 함께 있는 것이 더 편안하고 안정감을 주기까지 합니다.

가끔 자신으로부터 낯설어지기를 시도해 봅니다. 거기 낯설지만 또 익숙한 모습으로 쭈그려 앉아 있는 스스로를 관찰하는 건 즐거움이면서 괴로움이기도 합니다. 어정쩡한 관념주의자가 단단하게 부여잡고 있는 너절한 비관주의의 증거들을 도대체 어찌해야 할까 싶어서입니다.

관습의 늪에 갇혀 혹은 허우적대고 혹은 나뒹그라지는, 나는 지금 어디쯤인가요?

나는 누구인가요?

내 옆에 있는 당신은 누구인가요?

나를 잘 알고 있다고 자신 있게 말하고 있는 또 다른 나는 대체 누구신가요?

나는 표현한다,
고로 존재한다

한 권의 책은 실로 많은 이야기들을 합니다. 그리고 이것이 책을 읽어야 하는 이유이기도 합니다. 페터 빅셀의 《나는 시간이 아주 많은 어른이 되고 싶었다》에도 섬뜩한 질문과 더불어 존재론에 대한 촌철살인의 문장이 들어 있어 도리 없이 인용합니다.

"죽은 사람을 생각할 때 그 사람이 당신에게 말하기를 원합니까, 아니면 당신이 그에게 뭔가 말하고 싶습니까?"

막스 프리쉬의 설문지에 있는 질문 하나가 떠오른다. 단순한 질문이지만 그에 대한 내 대답은 나 스스로도 놀랍다.

"예, 내가 그 사람에게 많은, 아주 많은 이야기를 하고 싶습니다. 그동안 무슨 일이 일어났는지 말이지요."

꿈에서라면 모를까, 혹은 주술에 취한 경우라면 모를까, 죽은 사람이 말하기를 원하는 사람은 없습니다. 다만, 우리는 그리운 사람이 떠오를 때 그에게 어떤 이야기를 들려줄 것인가를 고민할 뿐입니다.

이 일화가 전하는 메시지는 명확합니다. 말을 할 때 나는 온전히 그곳에 존재한다는 것입니다. 내 건너편에 앉은 상대방도 오로지 나만을 위해 존재합니다. 술집에서 엄청나게 취한 사람은 이야기하고, 이야기하고, 또 이야기합니다. 이야기하는 동안만큼은 그는 아직 존재합니다. 그는 대답을 원하는 게 아닙니다. 술에 취해 이제 남의 말에 귀를 기울일 수도 없습니다.

생각 좀 하고 살아야겠습니다. 그런데 문득 생각이란 뭘까, 싶습니다. 흔히 한자어 '生覺'으로 착각하는데, 아닙니다. 생각은 순우리말입니다.

표현된 것만이 생각입니다. 외부로부터 들어오는 수많은 자극, 정보, 느낌이 모두 생각이 되진 않습니다. 그중 표현된 어떤 것만이 생각입니다. 그리고 표현은 말과 글, 마음으로 합니다. 그러니 말과 글, 마음으로 표현한 것이 생각이고, 때로 예술이기도 합니다.

카타르시스에 대한 아리스토텔레스의 설명이 이와 유사합니다. 자연의 모든 것이 예술이 될 수 있는 건 아니며, 그중 인간에게 어떤 감흥을 일으킬 수 있는 것만을 추려 냈을 때, 즉 카타르시스된 것만이 예술이라는 것입니다.

구스타프 플로베르가 말했다던가요, "역사를 쓰는 일은 대양을 마시고 한 줌의 오줌을 싸는 것과 같다"고. "사실은 말하지 않는다"는 앙리 푸앵카레의 지적 역시 같은 맥락입니다. 사실은 고래처럼 바다 위로 솟아올라서 스스로 위용을 드러내지 않습니다. 역사가들이 사실들에 가치를 부여하듯 우리는 생각하는 사람이 되기 위해 우선은 표현하는 법부터 알아야 합니다.

인문학을 강의할 때 자주 강조하는 말이 있습니다.

"생각이라는 것 역시 표현의 경험들 속에 녹아들어 있는 것이다."

때로 침묵으로 존재할 때도 있지만, 우린 대개 무언가를 표현함으로써 존재하게 마련입니다. 마치 사랑이 그런 것과 같습니다. 사랑은 표현하지 않으면 사랑이 아닙니다. 누군가를 사랑하는 일은 그 마음을 표현하는 것으로부터 출발하기 때문입니다.

마찬가지입니다. 말해야 합니다. 표현해야 합니다. 그래야만 존재하고, 존재해야만 의미롭습니다. 나를 찾아가는 길은 나를 말하고 표현하는 것으로부터 시작합니다.

망우재인(忘牛在人), 67×94cm, 수제한지에 수묵, 천연염색, 2008

방황,
나를 찾아 떠나는
자발적 여행

"아마도 그는 자기 자신을 짊어지고 갔다 온 모양일세."

여행을 통해 아무것도 얻지 못한 사람이 있다는 말을 듣고 소크라테스가 한 말입니다. 여행은 낡은 것을 내려놓고 새로운 것을 짊어지고 오는 것입니다. 낡은 것이란 바로 자기 자신입니다. 낡은 '나'를 버리고 새로운 '내'가 되는 것, 이것이 바로 여행의 본질입니다.

《방황의 기술》의 저자 레베카 라인하르트는 자발적 여행을 '방황'이라고 부릅니다. 아직도 방황하기를 주저하는 사람들에

게는 라인하르트가 인용한 노발리스의 말이 힘이 될지도 모를
일입니다.

"삶이란 주어진 소설이 아니라 우리가 만든 소설이어야 한다."

다른 사람이나 환경이 만들어 놓은 소설 속 조연 노릇을 할 것
인가, 아니면 남들과 만나고 새로운 환경에 머물면서 소설의 주
인공이 될 것인가?
철학자 강신주는 《방황의 기술》의 추천사에서 주옥같은 발언
을 합니다. 요약 발췌하면 이렇습니다.

그렇습니다. 삶은 살아가는 것이 아니라 살아 내는 것입니다.
삶은 저절로 이루어지는 것이 아니기 때문입니다. 자발적인 방황
을 과감하게 선택하고 그것을 기꺼이 감내해야만 합니다. 오직 그
럴 때에만 우리는 누구도 흉내 낼 수 없는 '나'만의 삶, 다시 말해
'나'이기 때문에 혹은 '내'가 이 세상에서 태어났기 때문에 살아
낼 수 있는 삶을 제대로 살아 낼 수 있을 것입니다.

역시 글 잘 쓰는 사람은 뭐가 달라도 다릅니다. 가히 최고의
추천사라 하겠습니다.

라인하르트는 "방황을 인생의 장애물로 생각해서는 안되"며, "나와 다른 것, 쉽게 정체를 알 수 없는 것, 혼란스러운 것을 무시한다고 해서 두려움이 사라지는 건 절대 아니"라고 말합니다.

나의 본연의 모습을 찾기 위해, 그것이 방황이라 해도, 두려움 없이 꿋꿋하게 가야 합니다. 그리고 보니 아주 오래된 불교 경전인《수타니파타》의 격언이 떠오릅니다. 바로 이것입니다.

"무소의 뿔처럼 혼자서 가라."

"갈 때까지 가 봐야 안 되겠나."

최동원과 선동열의 고독하고도 치열한 맞대결을 그린 영화 〈퍼펙트 게임〉을 보고 한동안 최동원의 대사가 뇌리를 맴돈 적이 있습니다. 우연의 일치인지 때마침 '이 짓거리 언제까지 할 것인가' 하고 고민하고 있었기 때문입니다.

바로 매일같이 페이스북에 420자 칼럼이라는 이름으로 올리고 있는 미니 칼럼 이야기입니다. 이건 글도 뭣도 아니라고, 때려치우고 싶던 때가 한두 번이 아니었습니다. 그러나 그때마다 되돌아오는 질문은 '누가 시켜서 하는 짓이 아니잖아?'였습니다. 그러면 스스로 참 당혹스러워집니다.

420자 칼럼 속에는 나의 지나간 세월이 오롯이 담겨 있습니다. 하루도 쉬지 않고 써 왔으니, 보잘것없으나마 작은 역사가 되었습니다. 그 속에는 참 많은 것들이 똬리를 틀고 있습니다.

기쁨, 슬픔, 우울, 방황, 환희, 열정, 열광, 체념, 분노, 절망, 괴로움, 한스러움, 초라함, 감상, 논리, 감동, 오열, 통곡, 불만, 서러움, 외로움, 고독, 영광, 희열…

420자 칼럼은 알게 모르게 또 다른 내가 되어 있었던 것입니다. 생각해 보면, 겨우 1년입니다. 손가락이 찢어지고 어깨가 으스러지는 고통을 견뎌 내며 장장 15회 동안 마운드를 지켜 낸 최동원과 선동렬의 투혼이 그래서 대단해 보입니다. 극한의 경지에 이른 뒤 서로를 알아주고 끌어안는 우정이 그래서 위대해 보입니다. 그들의 투혼과 열정을 보고 있노라니, 가슴이 먹먹해집니다.

니체는 《즐거운 학문》에서 항상 깨어 스스로를 단련하라고 강조하며 이렇게 말합니다.

"위험하게 살아라! 베수비오 화산의 비탈에 너의 도시를 세워

라! 지도에 표시되어 있지 않은 대양으로 너의 배를 띄워라! 너
자신에게 필적할 만한 자들과의 대립 속에서, 그리고 특히 너 자
신과의 대립 속에서 살아라!"

"위험하게 살아라"라고 말하는 니체의 가르
침처럼, "갈 때까지 가 봐야 안 되겠나" 하던 최동원의 뚝심
처럼, 기왕 내친걸음이니 "쓸 수 있을 때까지 써 봐야 안 되
겠나" 싶습니다. 비록 갈지자로 걷더라도 말입니다. 사는 게
어차피 갈지자 아니겠습니까?

공(空), 208×114cm, 수제한지에 석채, 옻칠, 2012

상실감,
빈 만큼 채워야 털어 낸다

소설가 김형경의 책에는 언제나 가슴에 새겨 둘 만한 훌륭한 문장들이 넘쳐납니다. 《좋은 이별》 역시 예외가 아닙니다. 책에 나오는 볼프강 볼헤르트의 《이별 없는 세대》에 담긴 '쥐들도 밤에는 잠을 잔다'는 문장에서 숨이 턱 막히고 말았습니다.

아홉 살 소년 율겐은 폭격으로 폐허가 된 집 옆에 앉아 며칠째 꼼짝도 하지 않습니다. 이를 쭉 지켜본 동네 어른이 자기 집으로 가자고 해도 율겐은 한사코 그럴 수 없다고 말합니다. 선생님께 쥐들이 죽은 시체를 먹는다는 말을 들었다며 폐허 속에 갇힌 동생을 지키기 위해 자리를 뜰 수 없다는 것입니다. 그때 한 사내가 아이를 설득합니다. 그래, 너희 선생님은 쥐들이 밤에 잔다는 사실은 말하지 않으셨나보구나. 애야, 밤에는 쥐들도 잠을 잔단다. 밤엔 조용히 집으로 돌아가도 좋단다.

소년 율겐처럼 우리는 상실의 자리를 떠나지 못합니다. 잃은 대상에게 사로잡힌 듯 그 순간은 죽음 곁에, 상실한 공간에 못 박히게 됩니다. 어머니의 관 옆에서 밤을 지새우는 《이방인》(카뮈)의 뫼르소나, 로자 아줌마의 주검 옆을 떠나지 않는 《자기 앞의 생》(로맹 가리)의 모모 마음이 그럴 것입니다.

> "사랑하는 사람이 죽으면 우리는 그의 죽음에서 자신의 죽음을
> 미리 맛볼 뿐 아니라, 어떤 방식으로든 그와 함께 죽는다."
> ― 베로나 카스트

'쥐들도 밤에는 잠을 잔다'는 걸 알게 된 율겐은 과연 그 자리를 떴을까요? 아마 그러지 않았을 성싶습니다. 율겐이 지키고자 했던 건 폐허에 묻힌 동생이 아니라 자신의 상실감이었을 테니까 말입니다.
상실의 자리를 털고 일어서는 건 결국 스스로 그 빈 곳을 채운 다음일 것입니다.

타인에 비친
나의 자화상

"터럭 한 올이라도 같지 않으면 그 사람이 아니다."

공재 윤두서의 말입니다. 공재는 단 한 편의 자화상을 그렸지만 그 강렬함과 세밀함에서 타의 추종을 불허합니다.

아내를 잃은 뒤 비로소 자신의 내면을 들여다보기 시작했고, 그게 숱한 자화상으로 표출되었을 것입니다. 빛의 화가, 렘브란트 얘기입니다.

프리다 칼로를 빼놓을 수 없습니다. 엽기와 그로테스크의 전

범으로 보는 이를 압도하고 전율케 하는 작가입니다. 자신의 내면을 가득 채운 고뇌와 절망을 가장 강렬한 이미지로 표현했다는 평을 주로 받습니다.

그 사람의 내면을 표현해야 진정한 자화상이라고 한다면, 반 고흐의 자화상이야말로 그것의 전형입니다. 그중 하나가 동생 테오의 초상으로 밝혀져 화제가 된 적이 있습니다. 하긴, 동일시해도 좋을 만큼 아름다운 형제애를 자랑했으니, 그럴 수도 있을 것입니다.

자화상들을 보다 보면 아주 평범한 진리를 깨닫고는 합니다. 바로, 어쩌면 우리는 내가 마주하고 있는 타인에게서 나의 자화상을 보는지도 모른다는 사실입니다.

사랑한다면,
능소화처럼

한 여름에 피는 꽃, 능소화. 불면의 열대야를 지새울 때면 여름꽃 능소화가 문득 떠오릅니다. 400년 전 연서를 모티브로 남녀의 애틋한 사연을 《능소화》라는 소설로 형상화한 조두진의 솜씨에 무릎을 쳤던 기억이 새롭습니다.

이해인 수녀는 한 발 더 나아가 능소화를 '전 생애를 건 사랑'이라고 노래합니다.

능소화 연가

— 이해인

이렇게

바람이 많이 부는 날은

당신이 보고 싶어

내 마음이 흔들립니다

옆에 있는 나무들에게

실례가 되는 줄 알면서도

나도 모르게

가지를 뻗은 그리움이

자꾸 자꾸 올라갑니다

나를 다스릴 힘도

당신이 주실 줄 믿습니다

다른 사람들이 내게 주는

찬미의 말보다

침묵 속에도 불타는

당신의 그 눈길 하나가

나에겐 기도입니다

전 생애를 건 사랑입니다

능소화의 꽃말은 명예입니다. 비련의 여인 소화에 얽힌 꽃말입니다. 옛날 중국의 어느 임금이 궁녀 소화의 미모에 반해 하룻밤 잠자리를 같이 합니다. 소화는 임금의 승은을 입어 빈이 되지만 다른 후궁들의 시샘을 받고, 그 이후 임금은 소화의 처소를 찾지 않습니다.

영문도 모르고 임금을 오매불망 기다리던 순진한 소화는 상사병에 걸려 시름시름 앓다가 죽고 맙니다. 궁궐 후원 뒤뜰에 묻어 달라는 유언과 함께. 훗날 소화가 묻힌 자리에서 매혹적인 꽃이 피어납니다. 궁녀들은 소화의 혼이 꽃으로 피었다 하여 그 꽃을 능소화라 하였습니다.

나는 누군가에게 전 생애를 건 사랑인 적이 있었던가, 나는 누군가를 전 생애를 걸어 사랑한 적이 있었던가, 능소화처럼…. 자꾸만 곱씹어 봅니다.

인우구망(人牛具忘), 62×92cm, 수제한지에 수묵, 천연염색, 2008

살아 있다는 것은
영원한 루머다

김형경이 그랬던가, 마흔이 넘어서도 마음이 이럴 줄 몰랐다고…. 한여름 추적추적 비가 내리거나, 갑자기 몸살이 찾아든다거나, 문득 한없이 하늘이 공허해질 때가 있습니다. 그럴 땐, 말 그대로, 마음이 좀 그렇습니다. 그런데 그 와중에 집어든 책이 하필 최승자의 시집 《쓸쓸해서 머나 먼》이라면, 그 순간이 내 삶의 위치를 돌아보는 시간입니다.

오늘의 모퉁이를

— 최승자

구의 언덕들이 굽이쳐 흘러갔으나
오늘도 아이들은 구의 팔랑개비를 돌리고 있다

기억의 제조물, 오늘 나는
어떤 기억의 제조물을 삼켰는가

아가리 가득한 시간,
시간 가득한 아득함 혹은 아찔함

대형 트럭들이 대형 추억들을 싣고
오늘의 모퉁이를 돌아가고 있다

아이들이 구의 팔랑개비를 돌리고 있는 동안에

최승자가 낭인처럼 떠돌다 겨우 살아났다는 기사를 접하고는 차마 잠을 잘 수 없어서 거리를 배회하던 지난겨울의 어느 날이 떠오릅니다. 가슴이 헛헛해서 무작정 밖으로 뛰쳐나가 걸었습니다. 뭘 어쩌자는 것도, 뭘 어찌할 수 있었던 것도 아니었습니다. 다만 답답했습니다. 시인 최승자를 그리 쉽게 잊어버릴 수 있는 시대라면, 그 시대 속에 어우러진 자신을 용납할 수 없을 것 같은 막막한 허무가 가슴 한 가득 들어차 있었습니다.

시인은 뭘 어쩌자는 것이었을까요? 뭘 어쩔 수나 있었을까요? 스스로가 "내가 살아 있다는 것, 그것은 영원한 루머에 지나지 않는다"고 말하지 않았던가요?

존재의 거추장스러움을 털고 절대 고독과 자유로운 사유의 유영을 즐기는 것, 그것으로 이미 시인의 존재감은 입증될 수 있다는 자신감 혹은 자부심이 아니었을까요? 그리하여 실물로서의 존재가 아닌 영원한 루머로서의 존재, 더 나아가 존재하지 않는 방식으로 존재하는 것. 그것이 어쩌면 시인이 사는 방식인지도 모릅니다.

그리고 다시 어쩌면, 비록 하루하루 일상에 치여 사는 것 같지만, 그 내면에서는 우리 모두가 꿈꾸는 존재의 궁극도 바로 그런 삶이 아닐까 싶기도 합니다.

내 인생의 목표를
다짐하는 주문

"룹알할리, 룹알할리… 나는 룹알할리로 갈 것이다."

류머티즘 관절염 환자인, 한수영의 소설 《공허의 1/4》의 주인공에게 룹알할리에 대한 얘기를 들려준 이는 아파트 보일러실에서 일하는 아저씨입니다. 그에 따르면 사막의 열사熱砂에 눕기만 하면 몸속의 습기가 말끔히 말라 버린다는 것입니다.

류머티즘 관절염 환자의 200여 개 관절들은 하루에도 수차례씩 일제히 통증을 유발합니다. 주인공에게 룹알할리 얘기는 가뭄 끝의 단비였습니다. 이후 그녀의 삶의 목표는 열사의 나라 사우디아라비아하고도 룹알할리에 가는 것이 되어 버립니다. 룹알

할리는 일명 '공허의 4분의 1'이라 불리는 사우디아라비아의 사
막입니다.

누구에게나 희구하는 공간이 있습니다. 삶의
목표까진 아니더라도 꼭 한번 가 보고 싶은 곳이 있게 마련입
니다. 내겐 노르웨이의 숲이 그런 곳입니다. 존 레논의 노래
와 무라카미 하루키의 소설로 만났던 바로 그곳입니다. 얼마
전 인종차별주의자가 벌인 굉장히 충격적인 사건으로 세계
인을 놀라게 하긴 했지만, 끝없이 이어지는 그곳의 숲길은 여
전히 내게 생의 시원을 좇는 여행지로 맞춤한 곳입니다.

다시, 내 인생의 목표를 다짐하는 주문을 외웁니다.
룹알할리, 룹알할리…

할 수만 있다면

당신의 마음을 흔들고 싶습니다

흔들리다가 슬며시 저에게 기댈 수 있도록

할 수만 있다면

당신에게 사랑을 고백하고 싶습니다

서로의 외로움을 위무하기 위하여

할 수만 있다면

당신과 멀리 떠나고 싶습니다

대지의 싱그러움 속에서 사랑을 나누고 싶습니다

그러나 할 수 없습니다
할 수 없다는 걸 잘 알고 있습니다

솔직히 당신의 마음이 흔들릴까봐 두렵습니다
제겐 당신께 사랑을 고백할 용기도 없습니다
대지의 싱그러움에 취하면 당신을 향한 저의 마음이 드러날까
겁이 나기도 합니다

할 수만 있다면
당신의 마음을 편안하게 해 드리고 싶습니다

할 수만 있다면
당신을 향한 저의 마음을 꼭꼭 숨기고 아껴 두고 싶습니다
정녕 그리 할 수만 있다면

의미 있는 삶을 중심에 놓고 살다가도 문득 잡아채는 감정의 돌기들을 만나면 그렇게 당혹스러울 수가 없습니다. 인문학 강연을 기획하면서 만난 한 여인이 순간 가슴을 멎게 만들었습니다. 할 수만 있다면 마음을 전하고 싶었습니다. 차마 그럴 수 없

어 아쉬운 마음을 시 아닌 시로 달랬습니다. 이 어쭙잖게 늘어져 있는 문장들은 이성과 감정의 어중간한 지대에서 방황했던 그때의 기억을 오롯이 담고 있습니다.

감정을 통제하려는 이성의 명령은 집요합니다. 반대로 이성의 아성을 무너뜨리려는 감정의 순간 파괴력은 때때로 상상을 초월합니다. 감정을 이성으로 다스리고 이성을 감정으로 다독이려는 노력마다 실패할 수밖에 없는 이유입니다. 어쩌겠습니까. 그것이 인생인 것을. 그렇게 감정과 이성 사이에서 좌충우돌하며 가는 게 인생인 것을.

정화 3, 43×32cm, 수제한지에 수묵, 채색, 2001

인간은, 함께 갈 때
가장 인간답다

불길 속으로 떨어지는 동료에게 한 소방관이 손을 내밉니다.
밑에 있던 동료는 체념한 듯 절규합니다.

"나를 놔 줘(Let me go)."

그때 동료의 손을 잡고 있던 소방관이 말합니다.

"네가 가면, 우리도 간다(You go, We go)."

이보다 더 감동적인 대사가 있을까 싶습니다. 삶과 죽음의 경

계를 넘나드는 고난 속에서 진한 동료애를 발휘했던 알피니스트
들의 고투를 기록한 박정헌의 《끈, 우리는 끝내 서로를 놓지 않
았다》를 읽으며 저절로 떠올랐던 론 하워드 감독의 〈분노의 역
류〉에 나오는 가슴 뭉클한 대사입니다.

인간이 가장 인간다울 때의 모습이 이런 게 아
닐까 싶습니다. 타인의 고통을 어루만지는 것, 삶과 죽음조차
도 동료와 함께 하려는 것, 무엇보다도 타인을 위해 자기 자
신을 희생하는 것.

당신의 이름은 무엇인가요?

새로운 꽃의 이름, 나무의 이름, 사람의 이름을 알게 되는 것은 언제나 가슴 설레는 일입니다. 이름을 안다는 것은 그리움을 갖는 것입니다. 이름 모를 꽃이 피기를 기다리는 사람은 없습니다. 이름을 알면 저절로 기다려집니다. 언제 꽃이 필지 손꼽아 기다립니다. 동백이 그립고, 쑥부쟁이가 반가운 건 오랜 기다림이 이루어진 것이기 때문입니다.

명함을 주고받는 건 단지 형식에 불과할지 몰라도 상대의 손을 꼭 잡고 이름을 묻는 건 앞으로 당신을 그리워하겠노라고 고백하는 일이기도 합니다. 한 번 알게 된 이름, 오래전부터 알고 있는 이름들을 소중하게 간직해야 합니다. 언젠가 그 이름이 사무치게 그리워질 때가 있을 테니까요.

최준영…

흔한 이름입니다. 인터넷에서 인물 검색을 하면 수십 명이 뜨고, 페이스북에선 더 많은 사람이 검색됩니다. 몇 명은 친구를 맺어 놓기도 했습니다. 노래방에서도, 대학에서도, 병원에서도 흔히 만나게 되는 이름입니다. 가장 많이 알려진 사람은 작곡가 최준영이 아닐까 싶습니다. 나 역시 그 많은 최준영 중 한 사람입니다.

지난해 여름 무렵, KBS 라디오에서 출연 요청이 왔었습니다. 프로그램 이름이 〈명사들의 책읽기〉였습니다. 거절할 수밖에 없었습니다. 나는 '명사'가 아니라고 생각했기 때문입니다. 그런데도 재차 요청하기에 마지못한 척 응했습니다. 그러면서 나름 이유를 달았습니다.

"유명 인사로서 명사는 아니지만 나도 고유명사로 어엿한 이름 하나를 가지고 있으니 명사가 아니라고만 할 순 없네요. '동사'의 삶을 살고자 했지만 '명사'로서 최준영도 부정할 수 없으니 나가겠습니다."

거지 교수, 거리의 인문학자, 노숙인 교수, 인문학 전파자 등 어느덧 내게 붙은 별명이 여럿입니다. 그 별명에 제대로 값하며 살아 왔는지 되돌아보니 부끄럽고 민망하기만 합니다. 굳이 아니라고 할 게 아니라면 이름값을 제대로 하는 삶을 살아야 할 터입니다. 더 많은 노숙인, 더 많은 가난한 이웃들, 더 많은 청춘들을 만나야겠습니다.

 이제, 스스로에게 물을 시간입니다. 나의 이름은 무엇입니까?

진정 변해야지 싶다면,
극한까지 밀어붙여라

"금빛 매미는 허물을 벗어야 만들어진다"
— 박재희, 《3분 고전》 중에서

길어야 한 달을 살기 위해 10여 년을 애벌레로 살아 내야 했던 매미의 울음소리가 제아무리 따갑게 거슬린들 무애 그리 탓할 일일까요. 울울창창한 여름 숲에서라면 그만한 쟁쟁후후라야 비로소 실존적 번뇌를 토해 냈다 할 수 있을 테니 말입니다.

그러나 애벌레는 시간이 지난다고 해서 저절로 매미의 삶을 살게 되는 것이 아닙니다. 금선탈각金蟬脫殼, 즉, 껍질을 과감하게 벗어 던짐으로써 비로소 금빛 매미가 되는 것입니다.

가슴속 묵은 고민이 있다면, 가슴 저 밑바닥에서 일기 시작한 자기부정과 변화에 대한 욕구를 감당키 힘들다면, 한껏 더 밀어붙일 일입니다. 진정 금선탈각하는 순간까지―.

깨지고 상처 입고
아파할지라도

아쿠타가와상을 수상한 요시다 슈이치의 소설 《7월 24일 거리》를 오래도록 기억하는 데는 그럴 만한 이유가 있습니다. 이 소설이 자꾸만 역마살을 부추기는 것도 그중 하나입니다.

특별한 구석이라고는 눈곱만큼도 없는 시골 조그만 항구도시에 사는 여주인공 혼다는 늘 반복되는 일상으로부터 탈출을 꿈꿉니다. 그러나 일탈의 욕구를 충족하기 위한 용기 따위는 애초 그녀에게 어울리는 어휘가 아닙니다. 그저 상상 속에서 자그마한 파격을 즐기는 게 그녀의 유일한 낙입니다.

상상 속에서 그녀의 자그마한 고향 마을은 포르투갈의 리스

본 거리로 탈바꿈됩니다. 그녀가 늘 버스를 타는 마루야마 산사 앞 정거장은 제로니모스 수도원 앞으로, 그녀의 회사가 있는 거리는 가레트 거리, 제방을 따라 항구에 조성된 공원은 코메르시오 광장입니다. 그리고 제방과 나란히 나 있는 길이 바로 '7월 24일' 거리입니다.

평범하기만 한 그녀는 늘 남의 애기를 들어주는 입장에 서곤 합니다. 단지 고교 선배라는 이유만으로 직장 상사 부인의 자질구레한 일상의 푸념을 들어주기도 하고, 그 고교 선배가 한때 자신이 짝사랑했던 남자와 빗나간 사랑을 나누는 장면을 목격하고도 침묵을 강요당한 채 공범의 죄의식에 사로잡히기도 합니다.

그런 그녀에게도 단 하나 양보할 수 없는 자부심이 있습니다. 자신과는 정반대로 너무나 잘 생겨서 일찍이 근방에서 유명세를 타 왔던 남동생 코지에 대한 엉뚱한 집착입니다. 집착은 때로 폭력이 되기도 합니다. 어느 날, 코지의 집에서 만난 코지의 여자 친구 메구미에게 혼다는 공연히 상처를 줍니다. 그게 상대에겐 상처가 되고 그 상처가 고스란히 자신에게 되돌아올 것을 알면서도 말입니다.

나중에 새삼 확인한 것이지만, 메구미는 곧 고교시절 인기 있는 남자의 뒤를 쫓기만 했을 뿐 어쩌지 못했던 자신의 모습과 지나칠 정도로 닮아 있었습니다. 그러니까, 그녀가 경멸한 건 메구미가 아니라 자신의 과거 속에 들어 있는 우유부단하고 바보 같은 자신이었던 셈입니다. 하지만 조금 더 들여다보면 메구미는 다릅니다. 자신이 왜 남자친구를 사귀지 못했는지 그 이유를 명확히 알고 있습니다. 그 이유를 무려 10가지나 천연덕스레 혼다 앞에서 늘어놓습니다.

하나, 인기 많은 남자가 좋다.

둘, 남이 싫어하는 여자는 되고 싶지 않다.

셋, 늘 들어주는 역할이다.

넷, 의외로 가족 관계는 양호하다.

다섯, 첫 경험은 열아홉 살.

여섯, 타이밍도 좋지 않다.

일곱, 때로 순정 만화를 읽는다.

여덟, 밤의 버스를 좋아한다.

아홉, 아웃도어는 싫다.

열, 실수하고 싶지 않다.

그건 일종의 암시입니다. 변한 메구미가 코지의 사랑을 쟁취했듯이, 혼다 역시 그렇게 해야만 한다는. 어처구니없는 상황에서 자신의 본모습을 들켜 버린 혼다는 7월 24일 거리에서 우연히 마주친 '사람을 색으로 구분하는' 청년에게 결정타를 얻어맞고 다시 좌절합니다.

"그럼 저는 무슨 색으로 보이나요?"

"안 보여요."

문득 메구미가 했던 말이 떠오릅니다. 남자를 잘 사귀지 못하는 열 번째 이유. '실수하고 싶지 않다.' 그 말을 되새기며 7시 24분발 도쿄행 기차에 몸을 싣는 혼다. 한낱 대타에 불과한 불안한 사랑인줄 알면서도, 그것이 명백한 실수인 줄 잘 알면서도, 마침내, 저지르고 말겠다는 결연함으로.

관념의 늪에서 허우적대며 어린애처럼 상상 속의 도시만을 거닐던 혼다가 드디어 척박한 현실과 치열한 경쟁의 장에 묵직한 닻을 내립니다. 그 현실 속에서 설령 깨지고 상처입고 아파할지라도 그녀의 결연한 도쿄행에 우리는 박수를 쳐 주어야 합니다. 이유는 자명합니다. 그러지 않으면 그녀는 영원히 성장하지 않는 목각 인형인 채로 머물러 있어야 할 테니까 말입니다.

누구, 혼다와 함께 도쿄행 기차에 오르실 분 없으세요?

백야의 그리움, 30×22cm, 한지에 수묵, 채색, 2012

치약 튜브에는 언제나 약간의 치약이 남아 있다

〈더 타임스〉로부터 '현존하는 가장 유머러스한 작가'로 불린 빌 브라이슨의 저작들은 거대한 지식의 보고이면서 동시에 유쾌함이 묻어나기로 유명합니다. 방대한 양의 과학 정보를 재미있게 풀어낸 교양서 《거의 모든 것의 역사》가 지식 포식자 브라이슨을 증거한다면, 그 외 여행기와 문화사 관련 책들은 그가 얼마나 탁월한 유머감각의 소유자인지를 여실히 보여줍니다. 그의 책 《빌 브라이슨의 발칙한 미국학》에는 빌 브라이슨이 공항에서 겪은 경험담이 소개되어 있습니다. '규칙 1 : 모든 규칙을 준수하라'의 한 대목입니다.

버펄로행 비행기를 타기 위해 공항에 도착한 브라이슨은 사진이 부착된 신분증을 제시하라는 규칙을 보고서 오래전 아이오아 주에서 발급받은 운전면허증을 제시합니다. 항공사 직원이 유효기간이 지난 면허증이라며 다른 것을 제시하라고 하자 브라이슨이 말을 받습니다.

"그럼 비행기를 몰지 않도록 하죠."

직원은 요령부득입니다. 최근에 찍은 사진이 필요하다는 것입니다. 한숨을 내쉬며 소지품을 샅샅이 뒤진 브라이슨은 마침 자신이 쓴 책 한 권을 꺼내 책 표지에 나온 사진이 자신이라고 소개합니다. 항공사 직원이 다시 고개를 흔듭니다. 양식(시각 이미지 리스트)에 맞지 않는다는 것입니다. 목소리를 낮추며 항공사 직원에게로 바짝 다가선 브라이슨이 속삭입니다.

"설마 내가 버펄로행 비행기를 타기 위해 특별히 이 책을 만들었다고 생각하는 건 아니겠죠?"

브라이슨을 빤히 쳐다본 직원은 다른 직원을 불러 의논하더니 또 다른 직원을 불러옵니다. 결국 이 일은 세 명의 창구 직원과 그들의 상사와 다시 그 상사의 상사가 동원된 끝에 어렵사리 해

결됩니다. 다시는 이런 식으로 얼렁뚱땅 통과하려고 해서는 안 된다는 준엄한 경고와 함께 최고 책임자의 허락 하에 겨우 통과하게 된 것입니다.

브라이슨은 '버펄로에 가기 위해 나만큼 진지하게 노력한 사람은 없을 것'이라며 게이트를 향해 걷다가 뒤돌아서서 나지막하고 비밀스러운 어조로 직원에게 말합니다.

"치약 튜브에는 언제나 약간의 치약이 남아 있답니다."

노숙인을 대상으로 인문학을 강의하면서 자주 인용하는 문장입니다. 노숙인은 대체로 자신의 삶에는 더 이상 희망이 남아 있지 않다고 생각하는 경향이 있습니다. 지레 포기하고 쉽게 좌절하는 습성을 가진 것입니다.

어디 노숙인뿐이겠습니까? 누구에게나 마찬가지입니다. 절대적 절망이나 희망 없는 삶이란 없습니다. 하지만 다 썼다고 생각한 치약 튜브를 잘라 보면 거기 반드시 약간의 치약이 남아 있게 마련입니다.

우리네 삶도 그렇습니다. 얼핏 절망적이며 희망이 없을 것 같지만 거기 희망의 씨앗이 담겨 있는 것입니다. 섣불리 절망하거나 해 보지도 않고 지레 포기해서는 안 되는 이유입니다. 가위로

치약 튜브를 잘라 내듯이 스스로의 삶을 냉정하게, 그리고 긍정적으로 들여다볼 필요가 있습니다. 인생이라는 치약 튜브에는 언제나 약간의 치약은 남아 있기 마련이기에, 그리하여 삶은 언제나, 다시 시작할 용기를 얻기에.

오랜 군부 통치를 끝내고 칠레의 민주화를 이끈 아옌데 대통령은 쿠데타 군과 맞선 극단의 상황에서 이렇게 말했습니다.

"절대적 절망이란 없다. 단지 절망스러운 상황이 있을 뿐이다."

민들레 홀씨 되어, 60.5×72.5cm, 수제한지에 수묵, 채색, 1999

왜 너는 너이고
나는 나인가?

이란의 랄레흐 비자니와 라단 비자니 자매는 접착쌍생아(일명 샴쌍둥이)입니다. 두 사람은 분리 수술 도중 사망합니다.

스물아홉 해 동안 랄레흐와 라단은 같은 세대의 이란 여성들에 비해 많은 것을 이뤄 냈습니다. 두 사람 모두 법대를 졸업했습니다. 졸업 후 둘의 꿈이 갈렸습니다. 랄레흐는 기자가 되고 싶었고, 라단은 변호사가 되고 싶었습니다.

결국 두 사람은 생존확률이 반반이라는 의사의 말을 듣고도 분리수술을 위해 수술대에 올랐다가 다시 깨어나지 못합니다. 자매가 사망 후 한 지인은 동생 라단에 대해 "그녀는 아주 사근사근하고 언제나 농담을 즐겼다"고 술회합니다.

주디스 리치 해리스의《개성의 탄생》에 등장하는 충격적인 이 야기입니다. 해리스는《양육 가설》을 통해 명성을 얻은 뒤 7년여 동안 사람의 성격, 개성이 어떻게 형성되는가 하는 문제에 천착 했습니다. 그 관심의 결정체가 《개성의 탄생》으로 나타났습니 다. 이 책을 쓰기 전 주디스 리치 해리스는 심리학의 핵심 질문 에 직면한 듯합니다.

"무엇 때문에 사람들은 개성과 행동이 다른가?"

이 질문은 단순히 본성이냐, 양육이냐에 관한 것이 아닙니다. 같은 유전자를 지니고 같은 부모에게서 자란 일란성 쌍둥이조차 도 개성이 다르기 때문입니다.

전작 《양육 가설》에서 그랬듯 해리스는 기존 학계의 허울뿐인 이론을 뒤집습니다. 사람의 성격은 유전적 요인과 환경적 요인 에 의해 결정된다는 기존의 이론을 쓰레기통에 집어던지고서 다 양한 인접 학문의 성과들을 아우르며 해답을 찾아 나섰습니다.

저자가 찾은 범인은 세 가지입니다. 관계 체계, 사회화 체계, 지위 체계가 바로 그것입니다. 즉, 우호적인 인간관계를 형성하 고 유지하려는 관계 체계, 집단의 성원이 되려고 하는 사회화 체 계, 경쟁자를 앞지르려고 하는 지위 체계가 우리들을 서로 다르 게 만든다는 것입니다. 프로이트 이후 가장 독창적이라는 평가를 듣는 주장입니다.

　결국, 사람의 성격은 삶의 과정 속에서 다른 사람과 어떤 관계를 형성하느냐, 그 속에서 어떤 지위 체계를 수용하고, 어떤 역할 모델을 세우느냐에 달린 것입니다. 비자니 자매의 경우에서도 중요한 것은 그네들의 삶의 과정 속에 녹아들었던 수많은 사람들과의 관계였던 것입니다.

 지금, 누구와 함께 있습니까?
그들과 무엇을 하고 있습니까?

내가 서 있는 곳을 점검해 볼 시간입니다.

물을 품고만 있는 연못
VS
물이 넘쳐 흐르는 샘

"귀향은 머물기 위해서가 아니라 새로운 출발을 위한 것이다."

베른하르트 슐링크의 《귀향》에 나오는 말입니다. 소설에 푹 파묻혀 있다 현실로 돌아오면 현실이 낯설 때가 있습니다. 소설적 환상과 과거로의 유영에 의탁했던 의식을 서둘러 복구해야 하지만, 한 번 빠져나갔던 의식이 돌아온 자리가 애초의 그 자리일 리는 없습니다.

여행도 그렇습니다. 여행은 낯섦과 공허, 약간의 두려움을 통해 생에 활력을 불어넣기 위해 필요할 것입니다. "그러므로, 사람은 자기 자신에게서 도피하기 위해서가 아니라 자기 자신을 되찾기 위하여 여행한다"고 한 장 그르니에의 말에 고개를 끄덕이게 됩니다.

"잊었던 친구를 만나서 깜짝 놀라듯이 어떤 낯선 도시를 앞에 두고 깜짝 놀랄 때 우리가 바라보게 되는 것은 다름이 아니라 우리들 자신의 진정한 모습이다."
— 장 그르니에, 《섬》 중에서

인생은 떠남과 정주의 연속입니다. 다큐멘터리 필름이 한 컷 한 컷 잇대어 돌아가듯 낯섦과 익숙함이 끝없이 교차합니다. 배는 항구에 있을 때 가장 안전하지만, 안전하게 있는 것이 배의 존재 이유는 아닐 것입니다. 물을 품고 있기만 하는 연못이 아니라 넘쳐흐르는 샘이 되어야 합니다.

한마음 — 둘이 아닌 도리, 30×40cm, 수제한지에 수묵, 천연염색, 2008

칭기즈 칸과 베르테르

자신을 낮추는 겸손한 마음은 소중합니다. 마찬가지로 자신의 가치나 능력을 믿고 당당히 여기는 마음을 갖는 것도 중요합니다. 자부심 혹은 긍지야말로 자신을 존중하는 마음, 즉 자존감의 요체이기 때문입니다.

한국 사람은 대체로 자존감이 낮은 편이라고 합니다. 정신과 전문의 정혜신 박사가 《남자 vs 남자》에서 밝힌 바에 따르면, 특정 분야에서 커다란 성취를 이루고 사람들로부터 충분히 인정받고 있는 사람조차 의외로 자존감이 낮은 사람이 있다고 합니다. 그러면서 낮은 자존감 low self-esteem을 가진 사람의 대표로 영화감독 박찬욱을 꼽았습니다. 시나리오 작가로서, 감독으로서 능력과 가치가 검증된 데다 풍부한 인문학적 소양과 글쓰기 능력까지 겸비한 그가 뜻밖에도 낮은 자존감의 소유자라고 하니 얼떨떨했습니다.

노숙인 인문학 강좌를 하면서 만난 사람들은 대체로 낮은 자존감을 가지고 있었습니다. 자기를 소중하게 여기지 않는 마음은 곧 자기학대로 이어집니다. 밥 대신 술에 의존하는 것이 대표적인 사례이며, 남의 눈을 의식하지 않은 채 구걸과 무료 배식소에 줄을 서는 것도 그 일환인 셈입니다.

우리의 전통 속에는 자신을 낮추는 마음, 즉 겸양을 강조하는 덕목이 있습니다. 그러나 겸양의 미덕이 필요한 때가 있고, 자신감이 충만해서 진취적으로 움직여야 할 때가 있습니다. 사람을 대하는 데에선 겸손이 미덕일 것입니다.

그러나 세상과 맞설 때는 겸손보다는 적극성과 열정을 내뿜어야 합니다. 당당함과 열정은 두말할 것도 없이 자존감에서 나옵니다. 자존감이 강한 사람이 도전하는 삶을 살고, 커다란 성취를 위해 고통을 피하지 않고 인내하며 때를 기다립니다.

 김형수의 장편소설 《조드》에서 푸른 늑대의

적손임을 자부했던 소년 테무진이 온갖 죽을 고비를 넘기면서 마침내 대업을 이루어 나가는 과정을 보면 자기 자신에 대한 자부심과 긍지가 얼마나 큰 힘이 되는지 알 수 있습니다. 아무나 칭기즈 칸이 될 순 없을 것입니다. 하지만 누구든 마음먹기에 따라서 열정적 삶의 자세는 가질 수 있습니다. 테무진의 자부심으로 살아갈 것인지, 나약한 베르테르가 될 것인지는 결국 자기 자신에게 달렸습니다.

결 핍 에 너 지

3

끝 모를 속도와 경쟁에 지치고 지친 당신에게

"버릴 것은 버리고 가져갈 것만 가져가라"

동반자, 218×290cm, 수제한지에 수묵, 석채, 옻칠, 2012

위로의
역설

　유난히 '위로'라는 말을 자주 듣습니다. 그만큼 고통 속에 놓인 사람, 상처받은 사람이 많다는 뜻일 터입니다. 특히 청춘과 중년을 위로해야 한다는 말이 도처에서 쏟아집니다. 정작 그들에게 위로가 되고 있는지는 모르겠지만.

　김해시에서 특강을 할 때 일입니다. 수능을 치른 고3들을 위로하기 위한 기획이었습니다. 주로 청소년들에게 도움이 될 만한 책을 소개했지만, 중간 중간 그네들이 조만간 맞닥뜨릴 20대의 현실, 이를테면 비싼 등록금과 낮은 취업률 등에 대해 말해 주기도 했습니다. 그런데 정작 강의를 하는 내내 마음 한 켠이 무거 있습니다. 강의는 만족스럽지 못했고, 땀을 뻘뻘 흘리며 겨우겨우 시간을 채우고 내려왔습니다. 컨디션 운운하며 얼버무릴 수는 있겠지만, 마음속에서는 주된 원인이 따로 있음을 외면할 도리가 없습니다.

우선, 안일했습니다. 위로하고자 한 그들을 충분히 이해하지도 못했고, 무엇을 어떻게 위로해야 할지에 대한 구체적인 그림도 그리지 않았던 것입니다. 진심이 담기지 않은 위로는 위로가 아니라 상처를 덧나게 할 뿐입니다. 거기까지 가지 않은 게 천만다행이지 싶습니다.

한창 노숙인을 대상으로 인문학 강의를 진행했을 때도 그랬습니다. 대체 누가 인문학에게 남의 삶에 개입할 권한을 주었을까, 대체 누가 그 알량한 지식나부랭이로 남의 인생에 간섭할 자격을 주었단 말인가 하는 의문으로부터 출발했어야 했습니다. 하지만 그러지 못했습니다.

겸손해야 합니다. 더 깊이 고민하고 신중하게 다가가야 합니다. 자신에겐 관대하고 남에겐 가혹한 잣대를 들이대는 못된 습성만이라도 털어 낸 후에 상대의 아픔을 대해야 합니다. 그래야만 비로소 누군가의 삶에 다가갈 수 있을 테고, 그래야만 비로소 누군가의 마음의 문을 열 수 있을 것입니다. 지금 이 순간, 아무리 곱씹어도 늘 새로운 화두로 다가오는 신영복 선생의 말을 아프게 되뇌어 봅니다.

"돕는다는 것은 우산을 들어 주는 것이 아니라 함께 비를 맞는 것입니다."

험담의 부메랑 효과

남 말 하기를 좋아하는 사람이 있습니다. 그가 새겨들었으면 좋을 말도 있습니다. 철학자 스피노자가 한 말입니다.

"폴이 피터에 대해 말하는 것을 들어 보면 피터에 대해서보다 폴에 대해서 더 많이 알 수 있다."

다른 사람에게 말을 옮길 때는 말하는 자기 자신에 대한 인상도 남기게 된다는 걸 유념할 필요가 있습니다. 가히 험담의 부메랑 효과입니다. 그걸 모르는 바보들이

앞뒤 안 가리고 험담을 늘어놓다가 사람을 다 잃고 맙니다.
어쩌면 나도 그런 축에 속하지는 않는지 뒤돌아볼 일입니다.

현명한 사람은
소유를 욕망하여
서두르지 않는다

페터 빅셀의 산문집《나는 시간이 아주 많은 어른이 되고 싶었다》를 읽다 보면 도중에 머뭇거리기를 반복하게 됩니다. 어쩌면 그리 정갈한 글을 쓸 수 있을까, 어쩜 그리 내 마음과 비슷할 수 있을까? 공감 가는 대목이 하도 많아 무엇을 먼저 옮겨 놓아야 할지 모를 지경인데, 기왕이면 내 마음과 닮아 있는 부분을 앞세우고 싶습니다. 가령 이런 대목입니다.

"나는 글을 읽거나 쓰기 위해 기차를 탈 때가 많다. 조바심은 읽기와 쓰기의 적敵인데, 기차는 나를 인내심 있는 사람으로 만든다. 하지만 내가 취리히나 프랑크푸르트 또는 베를린으로 가고 싶거나 가야 해서 기차를 타는 경우도 자주 생긴다. 사실, 이때 역시 일을 하기에 좋은 기회다. 그러나 이런 식으로 목적지가 정해져 있으면 기차에서 글을 쓰기가 불가능해진다. (…) 예고는 기다림을 고통스럽게 만든다. 예고는 기다림을 방해하니까. 우리는 더 이상 기다릴 수 없다.”

이처럼 페터 빅셀의 이야기들은 짧지만 은연 중 사람의 마음을 사로잡는 힘이 있습니다. 결코 목소리를 높이거나 자기주장을 두드러지게 드러내지 않는데도, 어느새 읽는 이의 가슴 깊은 곳으로 파고들어 와 아무렇지도 않은 듯 길잡이 노릇을 합니다. 그중 특히 하나를 꼽으라면 단연 ‘발리의 사제는 그저 가끔씩만 오리를 가리킨다’입니다.

　　발리에 사는 친구가 내게 말했다. “사제는 뭔가 필요하면 손가락으로 그걸 가리킨다네. 그럼 가질 수 있지.” 그러면 사제는 부자가 될 수 있겠다고 하자, 친구는 깜짝 놀라 날 바라보았다. “아니야, 사제들은 현명해.”
　　그는 사제들이 현명하고, 오리가 필요하면 오리를 가리킨다는 말만 반복했다. 나는 물러서지 않았다. 사제도 사람이며, 사람은 권력을 악용하는 성향이 있다고. 모든 사람이 그렇지는 않아도 간혹 그러는 사람들이 있다고 주장했다. 그는 유럽은 그러냐고 물었

고, 나는 창피하지만 고개를 끄떡이며 시인했다. 그는 나를 위로
하기 위해 해명거리를 찾으려고 했다. 한참 뒤에 그가 말을 꺼냈
다.

"사제들은 피곤해. 엄격한 학교를 다녔고, 산스크리트어와 또
다른 언어와 이 세상의 모든 지식을 평생 배우고 또 배우지. 마침
내 사제가 됐을 때는 이미 무척 늙었다네. 권력을 사용하기에는
너무 피곤한 상태지."

어쩌면 현명함은 피로와 관계가 있는지도 모
릅니다. 피로는 한때 신중함이라는 뜻이기도 했습니다. 로마
제국의 설계도를 그린 카이사르는 "뚱뚱한 남자들을 내 주
변에 두라"고 했다고 합니다. 아마도 느리고 신중한 남자들
을 말하는 것이었을 테지요.
세상은 너무 빨리 움직입니다. 빨리 움직이는 사람일수록 권
력을 소유할 수 있기 때문일 것입니다. 그렇게 그들은 모든
것을 가리키고, 모든 것을 소유하려 합니다. 그러나 발리의
사제는 그저 가끔씩만 오리를 가리킬 뿐입니다. 현명한 사람
은 소유를 욕망하여 서두르지 않습니다.

복사꽃 과수원, 179×240cm, 수제한지에 수묵, 채색, 1999

기다림을
기다릴 줄 아는 지혜

누군가를, 어느 땐가를, 그 무엇인가를 간절하게 기다려 본 적이 있는 사람은 압니다. 기다리는 일이 어찌 그리 서러운 것인지, 기다리는 일이 어찌 그리 설레는 것인지, 기다려 본 사람은 압니다. 우리가 가슴으로 공유하는 저 도저한 절창 황지우는 〈너를 기다리는 동안〉에서 기다림을 미학 수준으로 끌어올립니다.

너를 기다리는 동안

— 황지우

네가 오기로 한 그 자리에

내가 미리 가 너를 기다리는 동안

다가오는 모든 발자국은

내 가슴에 서성거린다

바스락거리는 나뭇잎 하나도 다 내게 온다

기다려 본 적이 있는 사람은 안다

세상에서 기다리는 일처럼 가슴 설레는 일 있을까

네가 오기로 한 그 자리, 내가 미리 와 있는 이곳에서

문을 열고 들어오는 모든 사람이

너였다가

너였다가, 너일 것이었다가

다시 문이 닫힌다

사랑하는 이여

오지 않는 너를 기다리며

마침내 나는 너에게 간다

아주 먼 데서 나는 너에게 가고

아주 오랜 세월을 다하여 너는 지금 오고 있다

아주 먼 데서 지금도 천천히 오고 있는 너를

너를 기다리는 동안 나도 가고 있다

남들이 열고 들어오는 문을 통해

내 가슴에 서성거리는 모든 발자국 따라

너를 기다리는 동안 나는 너에게 가고 있다

페터 빅셀의 《나는 시간이 아주 많은 어른이 되고 싶었다》에
도 유난히 기다리는 일의 신산함을 언급하는 대목이 자주 등장
합니다. 그 자신, 기다리는 일의 즐거움과 추억을 많이 간직하고
있어서 그럴 것입니다.

"기다리기를 좋아하는 사람이 어디 있으랴. 기다리기를 싫어하
면서도 우리는 왜 그렇게 열심히 기다릴까? 아마 기다림을 배웠
기 때문일 것이다. 아마 우리가 기다림만큼 고통스럽게 배운 건
없기 때문일 테지. 유치원과 학교 입학 기다리기, 졸업 기다리기,
은퇴 기다리기, 그리고 어쩌면 기다림조차 기다리기. 병원에 약간
일찍 도착해서 그 앞을 오가며 기다리기. 이 기다림이 끝나면 대
기실에서 또 기다리게 되리라는 것을 알면서도. 기다림의 기다림
을 기다리기."

아프리카 전래 동화 중에 〈하마의 눈알 찾기〉
가 있습니다. 평화로운 연못에 천방지축 하마가 나타납니다.
하마가 하도 날뛰는 바람에 삽시간에 평화는 깨지고, 그 사
이 하마는 한쪽 눈알을 연못에 떨어뜨리고 맙니다.
당황한 하마는 눈알을 찾겠다며 이리저리 물속을 뒤지지만,
그럴수록 물은 더욱 흙탕물이 되어 갑니다. 기다리라는 친구

들의 조언은 무시됩니다. 울다 지친 하마가 넋 놓고 있는 사이, 차차 물이 맑아지고, 그제야 하마는 눈알을 찾을 수 있었습니다.

기다림은 삶을 살아가는 지혜입니다.

지금 나의 관심이
가 있는 곳이
미래에 내가 서 있을 곳이다

나이 들어 대접받으려면 지갑은 열고 입은 닫으라는 말이 있습니다. 나이 들어 말이 많으면 꼰대 취급 받기 십상이지만, 입 대신 지갑을 열면 존경받을 수 있다는 것입니다. 물질만능주의 사회가 만들어 낸 서글픈 이야기이지만, 일면 맞는 말인 듯도 합니다.

현대인에게 지갑은 이런저런 얘깃거리를 만들어 줍니다. 지갑을 놓고 출근했다가 점심값이 없어 외상 밥을 먹어야 했다는 이야기, 소매치기를 당했던 이야기, 접이식 지갑을 뒷주머니에 넣고 다녔더니 체형이 바뀌었다는 이야기, 단추 달린 지갑 때문에 바지에 구멍 났다는 이야기… 지갑에 얽힌 이야기 하나쯤 없는 사람이 없을 정도입니다.

지갑을 소재로 한 책도 있습니다.《부자들은 왜 장지갑을 쓸까》는 장지갑을 사용해야 부자가 되는 길로 들어선다는, 조금은 황당해 보이는 주장을 합니다. 이 책의 저자인 가메다 준이치로는 노숙인 출신으로 우여곡절 끝에 성공의 길에 들어선 사람입니다. 그가 수많은 경영자들을 만나면서 경험적으로 '돈을 끌어당기는 사람'은 어떤 사람인지를 알게 되었는데, 그 비밀은 지극히 단순했다고 합니다. 바로 성공하는 사람은 중지갑이나 단지갑 같은 접이식 지갑이 아닌 장지갑을 쓴다는 것입니다.

가메다는 여기서 더 나아갑니다. 돈은 접어서 보관하면 안 됩니다. 장지갑에 넣어서 돈이 깨끗하고 편안한 상태로 있을 수 있게 해야 합니다. 이것이 바로 '돈에게 사랑받는 비밀'입니다. 심지어 돈을 사람처럼 대하고 인사도 해야 합니다. 실제로 지갑의 가격은 연봉을 결정합니다. 이른바 '연봉 200배의 법칙'입니다. 20만 원짜리 지갑을 쓰는 사람은 연봉이 4,000만 원이 되고, 50만 원짜리 지갑을 쓰는 사람은 1억의 연봉을 받게 되는 것입니다.

가메다의 '장지갑 이론'을 듣고 있으면 그럴 수도 있겠다는 생각이 듭니다. 다만, 그것은 지갑 자체가 아니라 돈에 대한 지극한 관심과 자세를 강조한 주장일 것입니다. 그리고 그것은 단지 돈과 성공에 관한 지침만은 아닐 것입니다.

지금 나의 관심은 어디에 가 있는지 살펴볼 일입니다. 어쩌면 그곳이 바로 미래에 내가 서 있을 곳인지도 모르기 때문입니다.

어느 순간
나태의 늪에 빠진
자신을 발견한다면

문요한의 《굿바이, 게으름》에 따르면, 나태와 게으름은 다릅니다. 게으름은 할 일을 하지 않는 것이지만, 나태는 무엇을 해야 할지조차 모르는 것입니다. 격도 다릅니다. 나태는 인간의 일곱 가지 원죄 중 하나이지만, 게으름은 최근에 와서야 질병으로 취급됩니다. 실제로 일찍이 토마스 아퀴나스는 《신학대전》에서 악의 리스트를 작성하였는데, 분노, 나태, 시기, 교만, 탐욕, 탐식, 음욕을 이른바 일곱 가지 원죄라고 했습니다. 더 나아가 철학자 키에르케고르는 나태에 대해 다음처럼 일갈합니다.

"인류의 역사는 이렇게 요약할 수 있다. 신이 따분해서 아담을 창조한다. 아담이 따분해하고 자신도 그러자 신은 하와를 창조한다. 처음엔 아담 혼자, 그 다음엔 아담과 하와가 같이 따분해하다가 아담, 하와, 카인, 아베, 온 가족이 다 같이 따분해한다. 인류는 그 따분함이 결국 전 지구로 퍼질 때까지 계속 번식을 했다."

그렇다면 역설적으로, 나태는 고마운 것이기도 합니다. 신과 최초의 인간이 스스로 해야 할 일을 찾기보다는 계속해서 새로운 무언가를 만들어 그에 의존하려 했던 결과, 즉 나태함 덕분에 인류가 탄생하게 되었으니 말입니다. 하지만 우리네 인생사가 어디 그렇던가요. 따분하고 고루한데도 무엇인가를 할 생각을 않는 나태는 분명 질병입니다.

나태의 정신병리학적 개념은 '의욕 상실'입니다. 바로 우울증의 전형입니다. 우울증은 사회 구성원들에게 과도한 창의성과 능력을 요구하면서 동시에 인생의 의미는 즐기는 데 있다고 넌지시 암시하는 사회적 모순이 낳은 증상입니다. 따라서 나태의 사슬을 끊는 것은 우울증을 치유하는 방법과 맥이 통합니다. 바로 자신의 삶을 성찰하고 자기를 존중하는 마음을 가질 때, 나태의 늪에서 벗어날 수 있습니다.

민천(民天) 7, 40×50cm, 수제한지에 수묵, 옻칠, 2010

<h1>사랑의 기술이
서툰 당신에게</h1>

사랑도 배워야 할까요? 물론, 그렇습니다. 일찍이 에리히 프롬도 《사랑의 기술》에서 그리 말했습니다.

이승우의 《생의 이면》에도 비슷한 대목이 등장합니다.

"사랑에도 기술이 있다. 살아가는 데 필요한 기술들을 배우고 익혀야 한다면, 사랑이야말로 그래야 할 것이다. 왜냐하면 사랑보다 소중하고 가치 있는 것은 없기 때문이다. 사랑을 배우지 않을 때, 종종 사랑은 흉기가 되어 사람을 상하게 한다."

— 이승우, 《생의 이면》 중에서, 이동진, 《밤은 책이다》에서 재인용

책을 읽거나 영화를 보거나 하는 것도 어쩌면 사랑의 기술을 터득하기 위한 노력들 중 하나인지도 모릅니다. 그러나 아무리 많은 책을 읽고 영화를 본다 해도 여전히 우리는 사랑을 모릅니다. 사랑의 의미는 둘째 치고 기술조차도 알기 쉽지 않습니다. 그러니 사랑을 모르는 나로 인해 상처받고 마음 상한 사람이 얼마나 많을까 생각해 볼 일입니다.

어쩌면 사랑의 기술은 책이나 영화를 통해 습득할 수 있는 게 아닐지도 모릅니다. 그도 그럴 것이, 사랑은 사람이 하는 것입니다. 사람을 사랑하는 것입니다. 그렇다면 사랑을 알기 위해서는 그 무엇보다 먼저 사람을 알아야 할 것입니다. 사람 속에 있을 때 사랑을 할 수 있고, 사랑을 알 수 있을 것이기에 그렇습니다. 사람 속에서 사람의 말을 들으며 사랑의 기술을 익혀야겠습니다.

당신은
헤르메스의 카두케우스가
있습니까?

늘 새로운 읽을거리가 앞다퉈 달려들기에 한 번 읽은 책은 특별한 경우가 아니면 다시 찾아 읽기가 쉽지 않습니다. 물론 예외는 있습니다. 수십 번 읽었어도 틈만 나면 다시 끼고 다니는 책이 있습니다. 아이작 아시모프의 《신화 속으로 떠나는 언어여행》이 그렇습니다. 그렇다고 처음부터 끝까지 다시 읽는 것은 아닙니다. 접어 놨던 부분을 발췌해 읽기도 하고, 관심 키워드를 찾아 읽기도 하는 식입니다.

고종석의 《7일간의 영어여행 : 신화와 역사가 있는》도 그러한 책 중 하나입니다. 강의 여행을 앞둔 날이면 으레 책장을 훑어보게 되는데, 그런 날 이 책이 걸리면 도리 없이 하루 종일 책 속

문구가 뇌리를 떠나지 않게 됩니다. 이 책에 나오는 제우스의 아들 헤르메스가 지니고 다녔다는 카두케우스 이야기가 바로 그렇습니다.

헤르메스는 '신들의 전령'이기에 당연히 매우 빨리 움직이는 신으로 그려집니다. 그래서인지 그의 신발과 투구에는 날개가 달려 있는 것으로 생각되었습니다. 그리고 또한 그는 카두케우스(caduceus)라는 특별한 지팡이를 들고 다녔습니다. 지혜의 지팡이이자 전령사 헤르메스의 표상입니다.

카두케우스라….

카두케우스 이야기가 유독 뇌리에 박힌 이유는, 내게는 카두케우스가 있던가, 나는 감히 무슨 자격으로 지식 전령사 노릇을 하고 있는가, 하는 생각이 문득 들었기 때문입니다.

우리는 저마다의 인생에 어떤 임무를 스스로 부여합니다. 누군가는 큰 부자가 되려 하고, 누군가는 큰 지식을 쌓으려 하고, 또 누군가는 자연을 닮은 삶을 살고자 합니다. 그렇다고 모두가 카두케우스를 지닐 수는 없을 것입니다.

그렇다면 나는 무슨 자격으로 나의 삶을 살고 있습니까?

내게 카두케우스는 어떻게 주어지는 것일까요?

그리고 또 당신에게 헤르메스의 카두케우스는 무엇입니까?

파도타기를 하듯 시간 타기를 하라

"신은 우리를 채찍으로 길들이지 않고 시간으로 길들인다."

17세기 스페인의 대문호이자 철학자인 발타자르 그라시안의 말입니다. 늘 가슴속에 새겨 두고 삽니다. 속내는 시간에 길들여지지 않겠다는 건데, 시시때때 어찌 되어 가고 있는지 점검해 보면 성에 안 찰 때가 많습니다.

되돌아보면, 늘 시간 읽기를 좋아했고, 또 그걸 자주 표현해 왔습니다. 시간을 읽기 위해 꽤 많은 시간을 썼고, 글쓰기 역시 시간으로 이해하려 애썼습니다. 이런 강박은 아마도 슈테판 클라인의 《시간의 놀라운 발견》을 읽은 뒤에 붙은 것인지도 모릅니다. 저마다 자신의 시간을 가져야 한다는 말, 즉 "하루하루를 마치 기성복처럼 받아들이지 말고 맞춤복을 마련하라"는 말에 동의하면서입니다.

사실, 외르크 뤼프케의 《시간과 권력의 역사》를 훑어가며 스쳐지나가는 말들만 잡아채도 시간에 관한 좋은 말들을 꽤 많이 만날 수 있습니다. 가령, "시간은 우리가 지상에서 누릴 수 있는 가장 한정된 축복" 같은 말들입니다. 마치, 그런 좋은 말을 주워 담는 것 자체가 축복인 양, 시간을 스크랩하는 데 정말이지 많은 시간을 소비했습니다. 하지만 아무리 그렇기로 시간을 수집하는 것이 시간을 제대로 아는 것과는 무관한 일일 터입니다.

천문학자이자 인류학자인 앤서니 애브니의 《시간의 문화사》에 따르면 웹스터 사전에 등장하는 수많은 단어 중에서 가장 긴 설명이 붙은 건 '시간'입니다. 그만큼 시간은 인류 역사에서 다양한 의미와 모습으로 존재해 왔다는 뜻일 것입니다.

주위를 둘러보면 저마다 바쁘다는 말을 달고 사는 사람이 많습니다. 자신의 시간만 유난히 빠르다고 푸념하는 사람도 있습니다. 그러나 어쩌면 세상에서 공평성을 유지하는 유일한 것이 시간일 것입니다. 누구에게나 24시간씩 주어져 있습니다. 그런데도 시간이 다르게 흐른다고 여기는 것은 시간에 대한 관념이 상황에 따라 다르기 때문입니다. 안락한 휴일의 오후 시간은 순

식간에 달아나지만, 사장님이나 교장선생님의 훈시 시간은 5분마다 시계를 들여다보게 만듭니다.

그래서입니다.

시간이 '파멸과 순환'이라는 이중적 의미를 상징한다는 말에 가슴 한 켠이 뜨끔해지는 것은.

그래서일 것입니다.

1월을 뜻하는 영어 이름(January)이 '야누스(Janus)'에서 유래한 것이.

다시, 그래서입니다.

마치 파도타기를 하듯, 이른바 '시간 타기'를 해야 한다고 마음먹은 것이. 그러면 인생의 매 순간 찾아오는 파멸과 순환의 리듬을 탈 수 있을 것입니다.

해는 져서, 50×36cm, 수제한지에 수묵, 채색, 2000

눈먼 자들의
세상을 넘어

2005년, 한국에서는 최초로 노숙인 대상 인문학 강좌인 성프란시스대학이 설립되었습니다. 여기까지 오는 데에는 한 성직자의 헌신적 노력이 있었습니다. 사회적 동의를 구하고 운영비와 교수진을 확보하는 일이 그리 만만한 게 아니었지만, 그분의 열정으로 이들 난관을 하나하나 넘을 수 있었습니다. 실로 대단해 보였습니다.

환영이 깨지는 데는 채 1년이 걸리지 않았습니다. 당최 민주적 의사결정이라는 걸 몰랐고, 지나치게 정치적이었으며, 토론 문화는 아예 결핍돼 있었습니다. 자기 확신, 특히 종교적 신념이 강한 나머지 다른 가치에는 눈 돌릴 겨를이 없어 보였습니다. 그

와중에 함께 일하는 사람들은 많이 속상했고, 많이 상처받았습니다.

대개의 성직자는 겸손하고 헌신적이지만 간혹 아집과 편견에 사로잡힌 분을 만나게 됩니다. 이른바 '확신의 함정'에 빠진 경우입니다. 그것이 어디 종교인뿐이겠습니까만.

그 유명한《나는 빠리의 택시 운전사》의 홍세화 선생이 한 특강에서 들려준 대목입니다. 어느 날, 택시를 타고 한겨레신문사에 가는 중이었습니다. 홍세화 선생을 알아보지 못한 택시 운전사가 〈한겨레신문〉을 마구 욕하자 혹시 그 신문을 보느냐고 물었다지요. 돌아온 대답은, "그따위 전라도 신문을 왜 봅니까?"

《박헌영 평전》을 읽으며 쥐구멍을 찾고 싶었던 적이 있습니다. 그간 나는 얼마나 심각한 편견과 무지에 휩싸여 있었던가. 머릿속을 가득 채운 편견과 아집, 무지를 확인하는 일은 몹시 괴롭고 힘든 여정이었습니다. 《이완용 평전》을 펼치는 순간에도 그랬습니다. 저자의 자의식 속에 똬리를 틀고 있는 우리들의 위악적 초상이 여지없이 드러났기 때문입니다. 배제된 타자의 봉인을 여는 일은 언제나 괴롭고 힘든 작업입니다.

우리에겐 오래된 습속이 있습니다. 알지 못하는 것은 알려고도 않고 덮어 놓고 헐뜯고 비난하는 습관 말입니다. 그것이 종교적 신념이건, 정치적 의지이건, 이른바 개똥철학이건, 아집과 편견은 스스로를 눈뜬장님으로 만듭니다.

보다 넓은 세상은 아집과 편견을 걷어 내고 맑은 눈으로 볼 때 보이는 법입니다. 그럴 때, 거기서 비로소 내가 할 일도 보입니다.

애국가가
필요한 시간

가을 하늘 공활한데 높고 구름 없이…

애국가 3절의 첫 소절입니다. 애국가를 부를 때마다 '공활'이라는 어휘가 늘 인상적이었습니다. 공활(空豁)을 곧이곧대로 해석하자면 '텅 비고 매우 넓다'는 뜻입니다. 그러나 글자를 따로 떨어뜨려 놓고 보면 매우 시의성 있는 의미를 만날 수도 있습니다.

공(空)은 '비었다'는 뜻이니, 모처럼 마음을 비우고 넓은 하늘을 받아들이라는 의미로 보면 좋을 듯합니다.

활(豁)에는 '막힌 곳을 뚫는다'는 의미가 담겨 있으니, 소통하는 삶을 살아야 한다는 뜻일 터입니다.

그러니 공활이란 다시, 텅 비어 있는 하늘을 마음껏 호흡하며 새로운 소통의 가능성을 열어젖히라는 의미가 아닐까 싶습니다.

나름 열심히 산다고는 사는데 매사 뜻대로 되는 건 별로 없다고 느껴질 때면, '공활'한 하늘을 바라보며 애국가 한 번 불러 볼 일입니다. 어쩌면 만주 벌판 말 달리던 때보다 속도와 경쟁에 치이고 치인 지금이 더 '애국가'가 필요한 시간인지도 모르겠습니다.

무엇을 할 것인가에서
어떻게 즐길 것인가로

리눅스 운영체제를 창안한 리누스 토르발즈는 독특한 세계관을 가진 것으로 유명합니다. 그의 자서전《리눅스* 그냥 재미로(Just For Fun)》를 통해 그의 일단을 엿볼 수 있습니다. 그에 따르면 공산품을 포함해서 세상 모든 가치는 생존−구조화−재미의 3단계를 거쳐 발전합니다. 그리고 그 궁극에는 유희(재미) 추구가 자리하고 있습니다. 휴대전화가 그 한 예입니다.

휴대전화가 처음 등장했을 때 관건은 통화 품질이었습니다. 초창기 광고에 '원샷'이라는 카피가 등장했던 걸 보면 알 수 있듯이, 통화 품질이 생존을 결정했습니다. 이어서 사회구조화의 단계로 접어듭니다. 처음에는 휴대전화를 가지고 있는 것 자체가 자랑거리였지만 시간이 지나면서 누구나 갖고 있는 물건이 되자 범용성(구조화)을 획득한 것입니다. 마지막 3단계는 유희입니다. 어떤 휴대전화를 구입할 것인가를 결정짓게 하는 관건은 통화 품질이나 자부심보다는 모바일 서비스, 즉 어떤 재미를 제공하느냐에 달렸습니다. 요즘, 스마트폰이 대세인 이유입니다.

섹스도 마찬가지입니다. 오래전 섹스는 생존을 위한 행위였습니다. 번식을 통해 노동력과 안전을 도모한 것입니다. 시간이 지나면서 역시 구조화됩니다. 즉, 결혼제도를 통해 섹스 상대를 결정함으로써 문란한 섹스를 지양하게 된 것입니다. 요즘, 젊은 세대에게 섹스가 단지 생존을 위한 행위이거나 결혼을 전제한 것만은 아닐 듯합니다. 우리 현실에서도 섹스가 점차 유희가 되어가고 있는 것입니다.

이쯤 되면 토르발즈는 요한 호이징가의 열혈 신봉자라 할 만합니다. 호이징가는 1938년에 쓴 저서 《호모 루덴스》에서 유희는 다른 개념으로 환원되지 않는 자립적 범주이며 인간에게 있어 하나의 근원적인 활동 형식이라 주장합니다. 결국, 인간의 문화는 놀이 속에서 발생하고 전개되어 왔다는 것입니다.

문득, 산다는 것을 토르발즈식으로 생각해 봅니다.

처음에는 생존을 위한 도구 자체가 절실합니다. 시간이 흐르고 생존하는 데 익숙해지면 도구는 생활이 됩니다. 여기까지만 해도 그럭저럭 살았네, 할 수도 있을지 모르겠습니다. 거기서 더 나아가, 즐기는 단계까지 이르는 사람은 과연 몇이나 될까요?

하루하루, 30×22cm, 한지에 수묵, 채색, 2012

사람 읽기의
달인 되기

열 길 물속은 알아도 한 길 사람 속은 모른다던가. 전작에서 '세계는 생각보다 단순하다'고 주장했던 마크 뷰캐넌 전 〈네이처〉 편집장이 새삼 세상사의 복잡성에 눈을 떴나 봅니다.

마크 뷰캐넌이 《사회적 원자》에서 물리학자 볼프강 파울러와 카를 포퍼의 말을 인용하면서 "물리학은 사회과학보다 쉽다. 인간 과학은 거의 무한히 복잡한 개인들을 다뤄야 할 뿐만 아니라 그러한 개인들의 서로 다른 면모를 일일이 고려해야 한다"거나, "인간에게는 자유의지가 있어서 전에는 없던 일(창조하고 발명하고 배우는 일)을 할 능력이 있기 때문에 인간 역사는 예측을 불허한다"고 주장하고 나선 것입니다.

물리적 원자는 언제 어디서나 똑같습니다. 반면, 사회적 원자인 사람은 늘 변하고, 적응하며, 사회조직을 알아채고, 거기에 수시로 달리 반응합니다. 사람, 정말 어렵습니다. 그래도 무엇보다, 아니 그래서 더욱 사람 먼저 읽을 줄 알아야겠습니다.

<h1 style="text-align:right">내 영혼은
무슨 색깔인가?</h1>

프랑스의 극작가 필립 클로델은 자신의 소설 《회색영혼》에서 "성자도 개새끼도 없다"면서, 인간의 영혼은 누구에게나 어쩔 수 없이 회색이라고 말합니다. 마치 회색 진흙이 하얀 대리석 판 위에서는 검게, 검은 대리석 판 위에서는 희게 보이는 것처럼.

필립 클로델은 그의 탁월한 묘사력으로 살인 사건을 수사하는 검사의 영혼을 그려 냅니다. 검사의 눈에는 두 종류의 사람만 보입니다. 살인 용의자와 살인자. 이분법마저도 거추장스러운 것입니다. 검사에게는 세상 모든 사람이 의심의 대상이고, 그중 누군가는 범인일 뿐입니다. 그래서 살인 사건을 해결하는 방법을 감히 명쾌하게 제시합니다. "범인을 체포하든가, 범인으로 몰리는 사람을 체포하든가"인 것입니다.

모두가 검사의 눈으로 보는 세상은 어떤 모습일까? 상상만으로도 끔찍한 광경이 펼쳐집니다.

"슬픔과 분노가 사람을 죽인다, 자신의 죄의 식도…"라고 필립 클로델이 묘사한 영혼은 하얀 대리석 위에 놓인 까만 회색입니다.
당신의 영혼이 놓인 곳은 어디인가요?
하얀 대리석 위인가요, 검은 대리석 위인가요?

앎에 대한 강박을
털어 버리면
무한한 상상의 세계와 조우한다

그 누구보다 별과 별자리 이름을 잘 알고 있는 친구가 있습니다. 녀석이 펼쳐 놓는 별 세계 이야기를 들으면 모두가 일종의 환상에 빠져듭니다. 그런데 사실 그 친구의 별 이야기는 죄다 지어낸 것이고, 그의 이야기를 듣고 있는 친구들도 모두 알고 있습니다. 그런데도 마치 모른다는 듯이 듣고 있는 건, 녀석의 이야기를 듣는 것 자체가 큰 즐거움이기 때문입니다.

가짜 이름 대신 진짜 이름을 안다고 해서 달라지는 것이 있을까? 중요한 것은 밤하늘의 초롱초롱한 별들에 한층 더 친숙해지는 것이 아닐까?

베른하르트 슐링크의 《귀향》에 나오는 이야기입니다.

때로 우리는 어떤 것을 알아야 한다는 강박에 시달립니다. 배우나 감독의 연보를 모르면 감동을 느낄 수 없다는 듯이 영화 지식을 탐식하기도 합니다. 앎에 대한 강박을 털어 버리는 순간 무한한 상상의 세계와 조우하게 된다는 걸 몰라서입니다.

글을 모르던 시절, 책을 거꾸로 들고 읽으면서도 척척 이야기를 잘도 길어 내던 딸아이의 모습을 떠올리며 살포시 웃어 봅니다.

입전수수(入鏖垂手), 67×94cm, 수제한지에 수묵, 천연염색, 2008

사람들이
나의 진심을
알아주기 바란다면

닥터 수스의 《알을 품는 호튼》에는 변덕스러운 새 메이지와 인정 많은 코끼리 호튼이 등장합니다.

메이지는 알을 품는 데 진력이 납니다. 그래서 호튼을 꼬드깁니다. 자기 대신 조그만 나무 위에 있는 둥지에 올라앉아 있어 달라는 것입니다. 금방 돌아오겠다는 메이지의 약속을 찰떡같이 믿고 둥지로 올라간 호튼은, 그러나 메이지가 돌아오지 않자 눈이 오나 바람이 부나 몇 달 동안 알을 품게 됩니다. 숲 속 동물들에게 놀림감이 되고, 급기야 둥지에 앉은 채 순회 서커스단에 끌려가고 맙니다.

시간이 흐릅니다. 드디어 호튼이 품고 있던 알이 부화하더니

날개 달린 아기 코끼리가 나옵니다. 그리고 어느 날, 서커스단에
서 자기 새끼를 본 메이지는 호튼에게 돌려달라고 하지만, 아기
는 곧장 호튼의 품으로 날아듭니다. 날개 달린 아기 코끼리는 호
튼의 진심과 메이지의 거짓을 본능적으로 구별할 수 있었던 것
입니다.

진심의 힘은 무섭습니다. 강변하는 진실보다
는 묵묵하게 자신의 길을 걸어가는 진실이 진심으로 통하는
법입니다. 사람들은 진심을 알고 있습니다.

<h1 style="text-align:right">이 또한
감사할일입니다</h1>

대학 후배를 만났습니다.

"일류대 출신은 아니지만, 외국어 두어 개 정도는 해요. 스펙이 나쁘지는 않은 셈이죠. 그간 들인 걸 생각하면 아무 데나 들어갈 순 없고 해서 리더십 강의를 들을 생각이에요. 1년에 수강료가 1,400만 원 정도라는데, 다 듣고 나면 리더십 강사가 될 수 있다고 합니다."

참 기가 막히고 코가 막히는 얘기였습니다. 듣자니 짜증이 나려 했습니다. 표정 관리가 안 될 정도였습니다. '대체 언제까지 부모님 등골 빼먹으며 살 거냐'고 대놓고 면박을 주고 싶었지만, 차마 그렇게까지는 못했습니다.

"리더십 강사가 된다고? 세상은 그리 호락호락하지 않아. 너보다 더 치열하게 사는 사람들 앞에서 무슨 강의를 할 수 있을까?"

그다음 날, 후배에게서 연락이 왔습니다.

"선배, 저 취직했어요. 지방인데, 맘에 드는 곳이어서 지원했어요. 열심히 일해 보려고요."

이 또한 감사할 일입니다.

세상의
모든 '책쾌'들에게

인간의 손으로 빚은 최고의 현악기로 불리는 스트라디바리 바이올린의 가치를 입증하고 보존한 사람은 비단 음악인들만이 아닙니다. 그 뒤엔 악기상들의 집념과 콜렉터들의 암투가 있습니다.

인류 문명의 위대함이 응축되어 있는 책의 세계 역시 마찬가지입니다. 악기상들이 그랬듯이 서적상이나 책 수집가, 책벌레의 역할도 무시할 수 없습니다. 바로 알베르토 망구엘, 릭 게코스키, 이덕무, 호르헤 루이스 보르헤스 등이 잘 알려진 책벌레들입니다.

책벌레들 중에서도 릭 게코스키 Rick Gekoski 는 세계 최고의 북

맨bookman이라 할 만한 사람입니다. 무엇보다도 '독서회고록 bibliomemoir'이라는 용어를 만들어 낸 것으로 유명하며, 희귀본과 원고를 사고파는 서적상으로도 잘 알려져 있습니다.

서구에 릭 게코스키가 있다면 한국에는 송신용이 있습니다. 게코스키가 독서회고록이라는 용어를 탄생시켰다면, 송신용은 소위 '책쾌'라 불렸습니다.

《책쾌 송신용》에 따르면, 송신용은 1930년대 중반부터 1950년대 말까지 서울을 중심으로 활동하면서 국문학 자료와 고문서를 수집해 이를 필요로 하는 사람들에게 공급했습니다. 그가 있었기에 일제 강점기와 한국전쟁을 거치면서 사라질 뻔했던 수많은 전적典籍들이 현재까지 보존, 계승될 수 있었습니다.

책 읽기를 즐기고 책 읽기가 삶을 변화시킨다고 믿기에, 수많은 책쾌들에게 무한한 존경의 마음을 갖게 됩니다. 그런데 어쩌면 그들이 보존하고 퍼뜨린 책의 소중한 가치에는 그 일에 끈질기게 매달린 그들 삶의 숭고한 가치가 보태져 있는 것일지도 모릅니다. 그러하기에 책이 사람을 변화시킬 수 있을 터입니다. 비단, 책에만 국한된 이야기는 아닐 것입니다. 그렇기에 당신이 무슨 일을 하든, 당신이 바로 '책쾌'일 수 있습니다.

기원, 32×39cm, 수제한지에 수묵, 천연염색, 2008

생각과
근심의 차이

러시아 어느 도시에 전해 내려오는 이야기입니다. 사람들이 모두 근심에 빠져 있는 바람에 시장 역시 근심에 휩싸일 수밖에 없었습니다. 사람들의 근심을 근심하는 시장에게 한 참모가 조언합니다. 근심 담당 관리를 뽑아서 근심을 전담하게 하면 어떻겠냐고.

한 근심 하는 사람들이 몰려들어 나름 근심에 대한 일가견을 늘어놓는데, 그중 가장 근심스러워 보이는 사람을 근심 담당 관리로 채용하게 되었습니다. 그러나 그는 합격과 동시에 모든 근심이 해결됐다며 좋아했고, 다음날 싱글벙글 출근한 그는 그길로 해고되었다고 합니다.

고려시대의 문신 이조년의 〈다정가多情歌〉 종장은 한 번 들으면 저절로 외워질 만큼 인상 깊은 명문 중의 명문입니다.

"다정도 병인 양하여 잠 못 들어 하노라"

생각도 너무 많으면 오히려 근심이 될 수 있다는 말일 듯한데, 그러나 그게 어디 그런가요. 근심은 생각의 많고 적음과는 상관없는 일종의 마음의 병일 수 있습니다. 해결책은 단 하나, 매사 긍정적으로 생각하는 것입니다.

친구와
신의 공통점

아무에게도 털어놓을 수 없는 고민이 생겼을 때를 대비해서 인간은 신을 만들어 두었습니다. 신에게조차 털어놓을 수 없는 고민이란 없습니다. 하여, 자살이라는 극단적인 방법으로 생을 마감하는 사람은 단지 어리석은 사람일 뿐입니다.

우선은 고민을 털어놓을 수 있는 진실한 친구를 만들어야 합니다. 그럴 수 없다면 신을 믿어야 합니다. 친구와 신은 고통스런 삶을 살아 내기 위한 최소한의 안전장치인 것입니다.

 나는 아직 신을 믿지 않습니다.

대신 진실한 친구들이 있습니다.
바로, 긍정적 사고와 열정입니다.

운명은
어떻게 갈리는가?

아프리카에 가뭄으로 굶어 죽기 직전의 상황에 놓인 두 마을이 있었습니다. 빈민 구제 활동을 하는 유엔 활동가들이 들어가 한 마을에는 씨앗을 뿌려 주었고, 또 한 마을에선 씨앗을 주지 못했습니다.

몇 개월 뒤 다시 방문했을 때 씨를 뿌린 마을 사람들은 가뭄으로 곡식을 거두지 못했는데도 살아 있었고, 다른 마을 사람들은 대부분 아사했습니다. 씨앗을 뿌린 마을 사람들을 살린 건 곡식이 아니라 희망이었습니다.

한비야의 《지도 밖으로 행군하라》에 나오는 이야기입니다.

거리의 삶을 사는 사람들은 수시로 삶과 죽음이 갈립니다. 알고 지내던 노숙인 두 분이 있었습니다. 둘 다 노숙인 인문학 과정을 마친 분들입니다. 한 분은 일자리를 찾기 위해 노력했고, 다른 한 분은 무료 배식소를 전전하고 주말엔 일명 '짤짤이'를 돌았습니다. 그들 사이에서 '짤짤이'는 예배 후 동전을 나눠 주는 교회를 찾아 돌아다니는 것을 말합니다.

잠자리와 밥값이 없는 건 마찬가지였지만, 시간이 지난 뒤 둘의 운명은 확연히 갈렸습니다. 일자리를 찾기 위해 노력했던 사람은 시민사회단체 활동가로 변신하여 동료 노숙인을 돌보는 일을 하고 있었고, 다른 한 사람은 계속해서 거리의 삶을 살다가 결국 거리에서 생을 마감하고 말았습니다.

인간의 운명을 갈라놓는 것은 권력도, 부도, 지위도 아닙니다. 희망입니다. 그리고 그 희망을 만드는 것은 자신의 삶을 살고자 하는 의지입니다.

어제와는 다른 내일의 삶을 꿈꾸는 당신에게

"생각이 성숙해야
인생이 성장한다"

오르막 내리막, 50×36cm, 부조한지에 수묵, 채색, 2001

그럴 '수'도
있다

자유연애를 주장하는 사람을 꼼짝 못하게 하는 질문이 있습니다. 아니, 난감하게 만드는 한편, 자유롭게 해 주는 말일지도 모릅니다.

"만약 배우자가 바람을 피운다면 당신은 이해할 수 있습니까? 그렇다면 당신은 바람피울 자격이 되는 겁니다."

박현욱의 《아내가 결혼했다》는 모노가미(monogamy, 일부일처제)의 관성을 벗고 폴리가미(polygamy, 중혼)를 추구하는 여주인공을 등장시켜 현재 결혼제도의 모순을 풍자합니다. 특히 다음 대목을 읽을 때는 그야말로 빵 터지지 않을 수 없습니다. 교통사고를 당해 깁스를 한 남편에게 아내의 또 다른 남편이 찾아와 "형님"이라고 하자, 남편이 이렇게 응대하는 장면입니다.

"당신, 목발로 먼지 나게 맞아 본 적 있어요? 내가 왜 당신 형님이야."

톰 티크베어 감독의 2010년 화제작 〈쓰리〉도 한 남자를 사랑하는 두 남녀의 이야기입니다. 동거 커플인 한나와 시몬은 언뜻 보기엔 모든 것을 갖춘 완벽한 커플입니다. 멋진 직업, 문화예술을 즐기는 세련된 취미, 안정된 생활을 영위합니다. 그러나 그들은 또 다른 한 남자 아담을 두고 각기 다른 방식으로 바람을 피우는 두 남녀가 되고 맙니다.

폭우가 쏟아지는 어느 날, 한나는 임신 사실을 알리기 위해 아담의 집을 찾아갑니다. 그 시간 아담은 다른 사람과 함께 있습니다. 아담의 집에 들어온 한나는 아담과 함께 있는 사람이 자신의 남편인 시몬이라는 사실을 알고 경악합니다. 세 사람이 동시에 서로가 서로에게 걸려든 셈입니다. 어찌 보면 절묘하기까지 합니다.

모쒜족 소녀 '양 얼처 나무'와 인류학자 크리스틴 매튜가 함께 쓴 《아버지가 없는 나라》에는 독특한 결혼제도가 등장합니다.

이른바 '주혼'이라는 건데, 모권 사회인 모쒀족에선 여성이 평생 여러 남자를 선택할 수 있습니다. 대신 여성은 가정 살림은 물론 아이의 양육까지 전적으로 책임집니다.

역사상 다양한 짝짓기 제도가 있었는데도 현재 일부일처제로 보편화된 건 기독교 사상의 영향이라고 합니다. 그러나 제도는 수용했으되 가치나 신념, 기호로서 일부일처제는 늘 불안한 위상으로 도전에 직면해 왔습니다. 실제로 결혼제도의 역사에는 일부다처제나 그 반대인 일처다부제 또는 중혼처럼 폴리가미가 있었는가 하면, 이성애와 동성애가 혼재하기도 했습니다.

일상에서 추호의 의심도 없이 진리인 것처럼 보이는 결혼제도마저 시대의 조건에 따라 다르게 받아들여 진다는 사실을 놓고 보면, 언뜻 세상에는 고정된 진리란 없는 듯 보입니다.

그래서입니다. 판관 포청천인 양 순간순간 명쾌하게 판결을 내리는 대신, 잠시 판단을 유보할 필요가 있습니다. 그럴 '수'도 있다고 인정하는 순간, 우리의 삶은 무한한 가능성의 세계에 접속할 '수'도 있을 것입니다.

<h1 style="text-align:right">애송시 한 수의
힘!</h1>

김훈을 일약 이상문학상 수상 작가로 만들어 준 소설《화장》
을 읽다가 문득 낯익은 문장을 만났습니다. 영락없이 김춘수의
〈꽃〉을 패러디한 문장으로 보였습니다.

"당신의 이름은 추은주(秋殷周). 제가 당신의 이름으로 당신을
부를 때, 당신은 당신의 이름으로 불린 그 사람인가요. 당신에게
들리지 않는 당신의 이름이, 추은주, 당신의 이름인지요."

문학평론가 남진우는 서정주를 일러 20세기 한국시의 지존이
라고 추어올립니다. 도리 없이 남진우의 말에 고개를 주억거렸

던 건, 서정주의 〈동천〉을 떠올렸기 때문이었습니다.

동천

— 서정주

내 마음 속 우리 님의 고운 눈썹을

즈믄 밤의 꿈으로 맑게 씻어서

하늘에다 옮기어 심어 놨더니

동지 섣달 나르는 매서운 새가

그걸 알고 시늉하며 비끼어 가네

몇 년 전 30~40대 여성을 대상으로 인문학 강의를 하면서 가장 좋아하는 한국시를 물으니 윤동주의 〈서시〉와 김춘수의 〈꽃〉, 김현승의 〈가을의 기도〉가 대답으로 돌아왔습니다. 두말할 것도 없이, 그야말로 주옥같은 시들입니다.

내게도 애송시가 있습니다. 비록 '한국인이 가장 좋아하는 시'들과는 사뭇 분위기가 다르지만, 어쩌랴, 내 청춘의 심장을 녹여 내릴 정도의 강력한 마성을 지닌 시였거늘. 바로 정희성의 〈저문 강에 삽을 씻고〉입니다.

저문 강에 삽을 씻고

— 정희성

흐르는 것이 물뿐이랴

우리가 저와 같아서

강변에 나가 삽을 씻으며

거기 슬픔도 퍼다 버린다

일이 끝나 저물어

스스로 깊어가는 강을 보며

쭈그려 앉아 담배나 피우고

나는 돌아갈 뿐이다

삽자루에 맡긴 한 생애가

이렇게 저물고, 저물어서

샛강바닥 썩은 물에

달이 뜨는구나

우리가 저와 같아서

흐르는 물에 삽을 씻고

먹을 것 없는 사람들의 마을로

다시 어두워 돌아가야 한다

애송시는 그 사람의 마음에 담긴 세상을 엿보게 하는 프레임입니다. 누군가가 읊조리는 시 한 수를 듣는다면 그 사람이 세상을 보고 듣고 느끼는 마음을 들여다보는 것이나 진배없습니다. 하여, 즐겨 읊는 애송시 하나 없다면 그건 마치 세상을 향한 마음의 창을 닫아 두고 있는 것이나 마찬가지입니다.

내 마음부터 열어야 세상도 내게 마음을 엽니다. 그리하여 시는, 내가 읊는 시 한 수는, 나와 세상을 이어 주는 창입니다.

그래서 다시,
인간이
되어야겠습니다

노숙인을 대상으로 한 인문학 강좌를 할 때입니다. 인문학이 뭐냐고 묻자, 수강생 한 분이 말했습니다.

"인문학 강좌에 참여한 뒤 16년 만에 처음으로 아내에게 사랑한다는 말을 하게 되었습니다."

그 이후, 강연을 하거나 글을 쓸 때 인문학의 본질을 설명하면서 그분의 말을 소개하고는 했습니다.

"인문학은 사랑입니다."

그런데 이제 인문학은 사랑이라고 말하고 다닐 수 없을 것 같습니다. 인문학 강의를 듣고는 16년 만에 아내에게 사랑을 고백했다던 그분이 결국 거리의 삶을 청산하지 못하고 거리에서 생을 놓아 버렸기 때문입니다. 그분의 말을 팔고 다닐 줄만 알았지, 계속해서 그분의 삶을 들여다볼 생각을 못했습니다. 그러니 그분의 말을 인용할 자격을 스스로 박탈하는 게 맞을 것입니다.

노숙인 인문학 강좌에 참여했던 분들이 정기적으로 모이는 날이 있습니다. 우리는 그것을 메모리얼 데이라고 부릅니다. 그분의 투병기와 부음 소식을 알게 된 것도 그 모임에서입니다. 이외에도 두 분이 이미 이 세상 사람이 아니라고 합니다. 현재 파악된 것만 그렇습니다.

이제, 인문학은 사랑이 아니라고 말해야 합니다. 적어도 생과 사의 갈림길에 놓인 사람에게 인문학은 거추장스런 장식에 불과합니다. 인간 없는 인문학은 사랑이 아니라 사치이고, 거짓입니다. 그래서 다시, 인간이 되어야겠습니다.

배움이
가장 낮은 곳에서부터
시작되는 이유

인류는 역사 속에서 크게 세 번의 모멸감을 경험했습니다. 여기서 모멸감은 다른 말로 하면 '지적 충격'입니다.

중세 이전의 인류는 지구가 우주의 중심이라고 생각했습니다. 지구를 중심으로 태양이 돌고 있어서 낮과 밤이 바뀐다는 거였습니다. 이 믿음을 깨뜨린 건 니콜라우스 코페르니쿠스였습니다. 1543년, 《천체의 회전에 관한 여섯 가지 경치》에서 그는 지구는 우주의 중심이 아니며 단지 태양계 주변을 돌고 있을 뿐이라고 밝혔습니다. 첫 번째 모멸감이자 충격입니다.

두 번째 모멸감은 19세기에 닥쳤습니다. 이전까지 우리 인간은 여느 동물과 다른 존재라고 믿어 왔습니다. 그걸 뒤집은 건 갈라파고스에서 돌아온 찰스 다윈이었습니다. 다윈에 의하면 인간은 동물과 다르기는커녕 자연의 선택에 의해 진화해 온 동물의 한 종에 불과합니다. 두 번째 모멸감이자 충격입니다.

세 번째 모멸감은 지그문트 프로이트가 불러왔습니다. 이전까지 인류는 인간의 삶을 지배하는 것은 의식이라 여겼습니다. 학명조차 '호모 사피엔스 사피엔스'로 명명했을 정도입니다. 그러나 프로이트는 인간의 삶을 지배하는 건 의식이 아니라 무의식이며 거대한 발전을 꿈꾸는 대신 성적 충동으로부터 자유롭지 못한 존재라고 말했습니다.

처음에는 파트릭 루무안의 《유혹의 심리학》에서, 최근에는 개정판으로 다시 나온 베르나르 베르베르의 《상상력 사전》에서 접한 내용입니다. 본디 출처가 어딘지 헷갈리긴 하지만, 분명한 건 인류는 역사의 과정 속에서 기존의 관념들을 무수히 무너뜨려 왔다는 사실입니다.

우리는 지금 네 번째 충격을 목도하고 있습니다. 1995년 미국의 얼 쇼리스가 시작한 '가난한 사람들을 위한 철학 강좌(클레멘트 코스)' 운동에 자극을 받아 우리나라에서도 2005년에 노숙인 인문학 과정인 성프란시스대학이 들어섰습니다. 이후 노숙인 인문학, 자활 인문학, 교도소 인문학, 시민 인문학 등 이름을 달리한 다양한 인문학 강좌들이 개설됐으며, 지금은 대학을 비롯한 사회 전반으로 뻗어나갔습니다. 바야흐로 인문학이 우리 사회의 주요 관심사로 대두된 것입니다.

기존의 관념대로라면 사회의 변화는 그 사회의 주류들이 이끄는 것입니다. 그러나 얼 쇼리스의 클레멘트 코스와 성프란시스대학이 입증했듯, 또한 속속 개설된 낮은 곳의 사람들을 위한 인문학 강좌들이 그러했듯, 지금 우리 사회의 주요한 흐름 중 하나인 인문학 열풍은 주류가 아닌 비주류, 그중에서도 가장 열악한 상황에 놓여 있는 노숙인들이 단초를 제공한 것입니다.

그리하여 오늘날의 인문학은 인문학자들이나 대학이 아닌 가난한 사람들에게 빚을 지게 된 셈입니다. 가히 네 번째 충격이라 할 만합니다.

아스카 향을 그리다, 30×22cm, 한지에 수묵, 채색, 2012

이 세상은
읽어야 하는 것투성이

두 아이가 초등학교에 입학하기 전, 토요일마다 둘을 데리고 열심히 도서관에 다녔습니다. 그 시간이 내리 3년이었을 것입니다. 딱히 내세울 것 없는 아빠가 해 줄 수 있는 최대치의 아빠 노릇이었던 셈인데, 덕분에 큰 아이가 초등학교에 들어갔을 때 유난히 글쓰기에 두각을 나타내곤 했습니다.

그게 또 신기하고 기특해서 한번은 내친 김에 지속적으로 책 리뷰를 써 보는 게 어떻겠냐 했더니, 어느 날부터인가, 한 인터넷 서점에 블로그를 만들어 놓고 서평을 올리기 시작하는 게 아닌가! 이름 하여 '다정이의 모르는 것투성이'입니다.

이렇게 다정이의 블로그를 떠올리는 건 문학평론가 신형철의 산문집 《느낌의 공동체》에서 우연히 "이 세상은 읽어야 하는 것 투성이"라는 표현을 발견했기 때문입니다.

사랑에 빠진 남자

— 다나카와 슈운타로

그날 밤 연인에게 키스를 거절당한 그는 생각한다

이 세상은 읽어야 하는 것투성이야

사람의 마음 읽기에 비해

책 읽기 따위는 누워서 떡먹기다

그러나 언어가 아닌 것을 읽어 내기 때문에 비로소

사람은 언어를 읽어 낼 수 있는 것 아니던가

그는 다시 연애론을 펼쳐 든다

한숨 쉬면서

콘돔을 책갈피 대신 삼아

언어가 아닌 것을 읽어 내기 때문에 비로소 언어를 읽어 낼 수 있다는 대목에서 탄성을 지르고 말았습니다. 그러게, 우리가 정작 읽어야 할 것은 책이 아닌 것입니다. 그 전에, 세상을 읽고, 상식을 읽고, 사람의 마음을 읽어야 하는 것이었습니다.

책을 읽는다는 것은 단지 활자를 보는 것이 아니라 그 속에 담긴 인간의 마음과 세상의 풍경을 경험하는 일에 다름 아닙니다. 무엇보다 책 읽기는 겸손한 마음으로 출발해야 합니다. 그러니 '모르는 것투성이'라는 다정이의 블로그 이름은 얼마나 솔직하고 훌륭한가요.

결단할 수 있는 힘은
어디서 나오나?

수학의 노벨상이라 불리는 필드상을 수상한 수학자 히로나카 헤이스케는 자신이 학문에 정진하며 느낀 감상을 《학문의 즐거움》에서 담담히 기록합니다. 책에는 불교의 '인연(因緣)'을 소개하는 대목이 나옵니다.

불교에서 '인'은 '근원'이라는 뜻이며 내적인 것입니다. 이에 대해 '연'은 외적인 것입니다. 이 두 조건이 결합해서 만물이 생겨나고 그 결합이 해소되면 사라집니다. 헤이스케는 이 부분에서 인연을 우리들 삶의 문제로 바라봅니다. 부모에게 이어받은 것, 친구에게 배운 것, 시행착오를 통해 얻은 지식 등이 농축되어 '인'이 되고, 그것이 외연인 '연'을 얻어 그 자신의 희망, 행동, 결단, 길이 된다는 것입니다. 그러면서 "살아 있다는 것은 부단히 무엇인가를 배우고 노력하는 것을 의미한다"라고 강조합니다. 스스로 배우고 노력한 것이 자신의 인생을 만들어 간다는 뜻입니다.

생각하기에 따라서 어렵고 난해할 수도 있는 불교철학을 이토록 알기 쉽게 풀어 주니, 그의 학문적 깊이를 능히 가늠할 수 있을 듯합니다. 어려운 것을 쉽게 풀어 주는 것, 그게 바로 학문의 깊이일 것이기 때문입니다.

어떤 사람은 단순한 것도 어렵고 난잡하게 만들어 버립니다. 공부하는 자세 대신 현시욕과 말놀이에 빠진 사람이 그러할 것입니다. 멀리서 찾을 게 무어랍니까. 나 자신이 여태 그래왔지 싶습니다. 별것 아닌 것에 과도하게 의미를 부여하는 것도 문제지만, 정작 중요한 본질은 이해하지도 못한 채 표피에만 반응하는 어리석은 행태를 반복합니다. 앞서 헤이스케가 알려 줬듯이 그것은 인연의 소중함을 헤아리지 못한 행태이며, 공부하는 사람의 자세는 더더욱 아닐 것입니다.

공부란 쉬운 길을 찾아나서는 것이 아니라 고행을 통해 삶의 지혜를 길어 올리는 일입니다. 고민을 거듭해서 어려운 문제를 해결해 나가는 것이야말로 인생을 제대로 사는 것이라 할 것입니다. 다시 《학문의 즐거움》의 한 대목을 인용해 봅니다.

"이 세상에서 가장 아름답고 자연스러운 모양은 모두 몇 가지 대칭對稱을 갖고 있다. 직사각형은 상하와 좌우의 대칭이 있고 원은 중심을 향하는 모든 방향에서 대칭을 가지고 있다. 다시 말해 대칭이 연속적으로 존재한다. 대칭은 군群을 만든다. 그것이 연속적일 때 연속군이라고 한다."

소련의 수학자 폰트랴긴 L. S. Pontryagin 의 '연속군론'을 소개하는 글입니다.

자연의 흐름을 좇을 수밖에 없는 인간의 삶에도 연속적인 대칭이 있을 것입니다. 삶의 연속적인 대칭들을 찾아 나서는 것이 곧 인연을 만들어 내는 것이면서 동시에 공부하는 삶의 자세가 아닐까 하고 생각해 봅니다.

결단할 수 있는 힘, 어느 순간에 '얏!' 하고 비약할 수 있는 힘, 그 지극히 아름다운 지혜의 힘은 인생과는 직접 관계가 없어 보이는 공부하는 가운데서 키워지는 것입니다.

한마음, 218×290cm, 수제한지에 옻칠, 2012

인문학적 책 읽기와 삶 읽기

　미국의 저명한 인문주의자 월터 카우프만은 《인문학의 미래》에서 '인문학을 가르쳐야 하는 이유'로 인류의 위대한 작품들을 보존, 양육하고, 실존의 이유와 인간의 궁극 목적을 다루기 때문이며, 궁극적으로 삶의 비전을 가르치기 위해서라고 말합니다. 그의 말에 따르면, 각자의 비전이 무엇이냐에 따라 그 의미와 방식이 얼마든지 달라질 수 있다는 것인데, 그래서 오늘날의 인문학 교육은 유용성보다는 유연성이라는 측면에 더 관심을 기울여야 하는 것입니다.

　카우프만은 이 책에서 올바른 독서 방법론도 소개하고 있습니다. 그중 특히 '변증법적 독서'의 세 가지 핵심 요소가 흥미로워

소개합니다.

첫째, 소크라테스적 독서입니다. 성찰되지 않은 삶에 대한 소크라테스의 불만을 떠올리게 하는 독서입니다. 변증법적 독서가들은 문화 충격을 회피하기보다는 그것을 기대합니다. 이들은 자신의 삶과 믿음, 그리고 가치를 점검하려는 노력의 일환으로 텍스트에서 도움을 받으려 합니다. 따라서 텍스트는 자기 해방의 보조물입니다.

둘째, 대화적 독서입니다. 하나의 텍스트는 우리가 그것에 질문을 던지는 것과 마찬가지로 우리에게도 질문을 던지는 '너'라고 할 수 있습니다.

셋째, 역사―철학적 독서입니다. 소크라테스적 요소와 대화적 요소가 역사―철학적 요소와 함께 온전히 결합했을 때 비로소 만족스러운 변증법적 독서가 가능해집니다. 즉, 기본적으로 텍스트에 대한 논증, 해법, 저자에 대한 평가가 병행되어야 하며, 자칫 텍스트 속에 매몰되는 걸 경계해야 한다는 말일 것입니다.

카우프만의 변증법적 책 읽기를 한마디로 말하면 묻고, 대화하고, 분석하는 독서법입니다. 인문학적 독서가 분석이나 대화보다는 묻는 것에 더 무게를 두긴 하지만 넓게는 같은 맥락으로 받아들여도 좋습니다. 그보다는 독서가 그냥 시간을 흘려보내는 것이 아니라는 점이 중요합니다.

책 읽기는 우리의 인생살이를 반영하는 것이기도 합니다. 책 읽기와 삶 읽기는 통하는 것입니다. 굳이 변증법이니 인문학이니 하는 그럴싸한 말로 덧칠하지 않더라도 삶을 바로 읽고 이해하려면 역시 소통과 성찰이 그 무엇보다 우선이기 때문입니다.

애초 책 읽기가 그냥 시간을 흘려보내는 것이 아니듯 아무 목적도 갖지 않은 삶이란 존재하지 않습니다.

책장을 비우고서야
깨닫는
불립문자의 지혜

시인 고은은 선禪에 빠져 있을 때 책을 전부 불살랐던 적이 있다고 합니다. 불도의 깨달음은 마음에서 마음으로 전하는 것이라 하지요. 그러니 말이나 글에 의지하지 않는다는 점을 시인도 깨우쳤기 때문일 것입니다. 이른바 불립문자不立文字입니다. 그런데 그가 태연히 그런 말을 하고 있는 사이 한겨레TV의 카메라가 에두른 그의 서재는 가히 책의 천국이었습니다.

시인처럼 나도 책장을 비워야 했던 적이 있습니다. 한때는 서재만 있으면 저절로 책이 읽히고 글이 나올 줄 알고 나의 서재를 꿈꾼 적도 있습니다. 그러나 그게 한낱 핑계에 불과하다는 걸 알게 된 후 굳이 별도의 서재를 꿈꾸지 않게 되었습니다. 대신 거실을 서재처럼 꾸몄습니다. 이사 비용의 서너 배에 달하는 돈을 들여 거실 전체를 책장으로 에둘렀고, 거기 빼곡히 책을 채웠습니다. 어림잡아 5,000권 정도는 됐지 싶습니다. 그런데 그게 지금 겨우 2,000여 권밖에 남아 있지 않게 되었습니다.

그렇다고 시인처럼 불립문자를 화두로 삼아서는 아닙니다. 부끄럽고 황망하게도, 어느 순간 책을 팔아 치워야 하는 상황을 맞게 된 것입니다. 그것도 주로 아끼던 것들 위주로. 한 3년 간 노숙인 잡지 〈빅이슈〉 창간 운동을 한답시고 뛰어다닌 끝에 벌어진 일입니다. 내내 기회비용을 상실해 왔고, 감당키 힘든 비용을 빚으로 충당한 탓에 결국 살림살이가 파탄을 맞고 말았습니다.

책이 빼곡히 들어차 있는 거실 서재를 20여 컷의 사진으로 찍어 블로그에 올렸습니다. 그러자 몇몇 분들이 구매하겠다는 의사를 보내 왔습니다. 그중 잊을 수 없는 분이 있습니다. 다짜고짜 전화를 하더니 당장 필요한 돈이 얼마냐고, 오죽했으면 책을 팔겠다고 나섰겠냐며, 선뜻 돈을 보내 주겠다는 거였습니다. 책은 잠시 보관하고 있을 테니 형편 피면 되찾아가라면서.

2년이 지났지만 책들은 아직 제게 돌아오지 못했습니다. 책에 대한 그리움도 그렇거니와 그분의 호의와

선의를 너무 오랫동안 저버리고 있는 듯해서 마음이 무겁습니다. 올해는 잠시 맡겨 둔 내 책들을 기필코 찾아오리라, 오늘도 다짐을 합니다. 그분, 그 넉넉한 마음씀씀이를 가진 분의 염화미소를 떠올릴 때마다 문득 나약해지려는 마음을 이렇게 다잡곤 합니다.

아! 그래서 불립문자라 하는가 봅니다. 깨달음은 마음에서 마음으로 전해진다는….

사유 없는 독서는
읽지 않는 것만 못하다

"한 달에 몇 권이나 읽으세요?"

책깨나 읽은 티를 냈더니 종종 이런 질문이 날아듭니다. 솔직히 잘 모릅니다. 그래서 모호하게 대답하고 마는데, 여지없이 "역시, 대단하셔" 따위의 탄성이 들려옵니다. 마치 준비라도 해 두었던 것처럼.

솔직히 한 달에 한 권도 제대로 읽지 못하는 사람이니, 그럴 때마다 참 난감합니다. 도대체 제대로 읽었다고 할 만한 경우가 별로 없습니다. 어찌어찌 해서 겨우 읽었다 한들, 밑줄 쳐 놓은 곳과 접힌 곳을 재차 확인하지 않고서는 온전히 읽은 게 아니라는 지론 때문입니다.

"중요한 건 몇 권을 읽었느냐가 아니라 얼마나 사색했느냐이다"라고 했던 쇼펜하우어의 일갈이 새롭습니다. 책은 그 자체로 목적이 아닙니다. 사색의 진입로로서 의미가 있습니다. 사유 없는 다독은 차라리 읽지 않는 것만 못합니다.

책 읽을 시간이
없다는
사람에게

"맹자께서 말씀하셨다. 사람들은 누구나 다른 사람의 아픔을 자신의 아픔으로 여기며 참지 못하는 마음을 지니고 있다. 지난 시대의 위대한 임금들은 이러한 마음이 있기에 위대한 정치를 펼칠 수 있었다."

깊은 밤 규장각에서 들려오는 글 읽는 소리를 따라 걸어온 정조는 검서관 이덕무의 귓전에 지엄하게 분부합니다.

"책 읽는 소리가 듣기 좋구나. 좀 더 큰 소리로 읽어라."

"상대방의 아픔을 절실하게 느낄 수 있으려면 자신도 그처럼
아파 본 적이 있는 사람이어야 한다."

이덕무는 더 이상 읽어나갈 수 없었습니다. 유난히 쓸쓸해 보
이는 주상의 얼굴이 떠올라 가슴이 아팠기 때문입니다. 《책만
읽는 바보》는 이처럼 임금과 신하로서 서로의 상처를 보듬었던
정조와 이덕무의 이야기를 전합니다.

조선에 '책만 읽는 바보書癡' 이덕무가 있었다면, 일본 에도 시
대엔 오규 소라이가 있었습니다. 이덕무가 책 한 권을 1억 번 이
상 읽는 '바보'였다면, 《책을 읽고 양을 잃다》의 소개에 따르면,
소라이는 하루에 9센티미터를 읽는 진정한 다독가였다고 합니
다. 여기서 9센티미터란 책의 두께를 말합니다.

이덕무나 오규 소라이가 아니더라도 예로부터 다독가에겐 삼
상三上과 삼여三餘가 위안이었을 것입니다. 중국 송나라 때 문인
인 구양수는 시문詩文을 생각하기 좋은 장소로 삼상, 즉, 마상(말
위), 침상(잠자리), 측상(화장실)을 들었고, 독서광으로 유명하던
위나라 사람 동우는 "시간이 없다는 사람이 학문을 하는 데는 삼
여로 충분하다"면서, 겨울, 밤, 비가 올 때를 들었습니다.

어느 누구에게나 삼상과 삼여는 있을 테니, 책 읽을 틈이 없다는 것은 핑계에 불과합니다. 덧붙여, 나카무라 란린이 "음악은 듣는 순간을 만족시키고 비단은 눈을 만족시킨다고 하지만 독서의 즐거움에는 비할 수 없다"고 했듯, 독자로서 독서의 즐거움까지 누릴 줄 안다면야 더 말할 나위 없을 듯합니다.

꽃비, 63.5×93cm, 수제한지에 수묵, 채색, 2001

"오리 떼가 놀고 있을 때 갑자기 추워지더니 호수가 얼어붙었
어! 얼음을 매단 채 오리 떼가 날아갔대. 그 호수가 지금 조지아
주에 있대."

침상의 잇지가 들려주는 이야기를 들으며 에블린은 새삼 삶의
의미를 환기합니다. 여성들의 사랑과 우정을 그린 영화 〈후라이
드 그린 토마토〉의 도입부와 후반부에서 두 번 반복되는 이 대사
는 영화를 보는 내내 삶과 죽음에 대해 생각하게 합니다.

특히, 영화 첫 장면, 기차 레일에 워커가 낀, 그러나 오리 떼처
럼 레일을 매단 채 날아오르지 못하는 잇지의 오빠가 등장하는

장면부터 숨이 턱 막힙니다.

죽음이란 모퉁이를 돌아 갑자기 들이닥치는 기차 같은 것입니다. 어디 죽음뿐이겠습니까. 어쩌면 삶을 살면서 '닥치는' 모든 것이 그럴 것입니다. 아, 삶이란 얼마나 덧없고 허망한 것인지. 하여, 만일 삶이 진정 그런 거라면, 삶을 살면서 웬만한 일쯤 닥친다고 해서 무어 그리 놀라고 절망할 필요가 있겠습니까.

'바람'에 휩쓸리지
않는 법

먹을 물이 부족한 나라가 있었습니다. 어느 날, 그 나라에 살던 사람이 식수가 풍부한 다른 나라에 갔다가 깜짝 놀라고 맙니다. 그곳에서는 수도꼭지만 틀면 물이 콸콸 쏟아져 나왔습니다. 그는 수도꼭지를 몇 개 사서는 자기 나라에 돌아왔습니다. 그리고 벽에 자랑스럽게 꽂고는 힘차게 돌렸습니다. 그런데 이게 웬걸, 기대했던 물이 나오지 않아 크게 실망하고 맙니다.

김용규의 《서양문명을 이해하는 코드 신》에 나오는 이야기입니다.

심층적 이해 없이는 해결책도 없습니다. 벽 뒤에 배관도, 급수

펌프도, 정수장도 없으니 아무리 수도꼭지를 꽂는다 해도 물이
나올 리가 없습니다.

수시로 '바람'이 붑니다. 때로는 유행이라는
이름으로, 때로는 트렌드라는 이름으로, 때로는 대세라는 이
름으로. 사람들은 그렇게 좌충우돌 부는 바람에 따라 이리
몰렸다가 저리 몰렸다가 야단법석입니다. 보다 깊이 있게 보
고 이해하는 사람만이 흔들리지 않고 중심을 잡을 수 있습니
다.

욕망, 잘 조율하면
호기심이고
실패하면 탐욕

그리스 신화에 나오는 아이올로스는 바람의 신입니다. 그는 트로이를 함락한 뒤 고향으로 향하는 오디세우스 일행이 안전하게 돌아갈 수 있도록 돕습니다. 항해를 방해하는 바람을 자루에 담아 은사슬로 주둥이를 묶은 뒤 바람 자루를 오디세우스에게 주었습니다. 그런데 오디세우스의 부하들이 그만 호기심을 이기지 못하고 주둥이를 풀어 버리고 맙니다. 그리고 자루에서 나온 바람은 역풍으로 작용해서 오디세우스의 배를 아이올로스의 섬으로 되돌리고 맙니다.

인간사에서 탐욕과 호기심은 한 묶음인 걸까요. 신화 속에서도 인간의 탐욕은 이따금 호기심과 도전이라는 미화된 끄나풀을 달고 다닙니다. 과문한 탓인지는 몰라도 《오디세이아》의 '아이올로스의 바람 자루' 이야기 역시 같은 맥락으로 읽힙니다. 아마도 '판도라의 상자' 이야기가 전하는 메시지도 탐욕과 호기심의 불편한 동거에 대한 경고일 것입니다.

생각해 보면, 탐욕과 호기심의 경계선에는 욕망이 자리하고 있습니다. 욕망을 잘 조율하면 호기심이고 조율하는 데 실패하면 탐욕입니다.

별명이 '사람'인 사람

살아오면서 누구나 별명 하나쯤 있었을 것입니다. 내겐 '김구라'라는 별명이 생겼습니다. 여고생을 대상으로 한 특강에 나섰을 때 일입니다. 연단에 올라 강의를 시작하기도 전에 여기저기서 웃음소리가 들렸습니다. 이유를 물으니 "연예인하고 꼭 닮아서요"라는 대답이 나왔습니다. 은근히 기대하며 그게 누구냐고 물었습니다. 바로 "김구라!" 하는 외침들이 쏟아졌습니다.

고대 아테네의 10대 연설가들을 소개한 김헌의 《위대한 연설》에 보면 저자가 중학생 시절 '사람'이라는 별명을 가졌던 친구 얘기가 나옵니다. 사람은 아닌데 사람과 비슷하게 생겼고, 사람의 행동을 비슷하게 흉내 내기 때문에 사람이라는 별명을 붙였다는 것입니다. 사람의 별명이 '사람'이라는 말에 실소를 머금었지만 한편, 사람의 의미를 되짚는 계기가 되었습니다.

아리스토텔레스가 사람의 의미를 설명하면서, 인간의 고유한 기능ergon은 이성logos에 따른 영혼psyche의 활동을 하는 것이며 그 표현양식이 수사학rhetorike이라고 했다지만, 굳이 철학적으로 따져 볼 필요까지도 없을 듯합니다. 주변에서 한눈에도 사람다운 사람과 사람처럼 생겼지만 사람이라고 말하기 힘든 사람을 구별해 내는 것은 그다지 힘든 일이 아닙니다.

사람이 사람이려면 갖춰야 할 게 하나 있습니다. 스위스의 사회학자이자 유엔 인권위원회 식량특별조사관을 지낸 장 지글러가 그의 책《왜 세계의 절반은 굶주리는가?》에서 한 말입니다. 그는 사람을 일러 "다른 사람의 고통을 함께 아파하는 지구상의 유일한 생명체"라고 했습니다.

어화둥둥, 60.5×72.5cm, 수제한지에 수묵, 채색, 1999

삶에 대한 예의

인문학 강의를 할 때마다 김진숙의 《소금꽃나무》에 나오는 눈물겨운 이야기 몇 토막을 들려준 뒤 정호승의 〈마지막 편지〉를 암송하곤 합니다. 특히 날씨가 싸늘해지기 시작하는 계절엔 이 시가 저절로 떠오르기도 합니다.

마지막 편지

— 정호승

순아 오늘도 에미는 네가 보고 싶어
아픈 몸을 이끌고 역에 나갔다

와닿는 열차의 어느 칸에서고 네가

금방이라도 웃으면서 내릴 것 같아

차마 발길을 못돌리고 에미는 또 울었다

남들은 다들 배우러 간다는데

원수놈의 돈을 벌어보겠다고

이른 새벽 종지불 밝혀서 쑥국밥을 먹고

네가 고향을 떠나던 날

웬놈의 진눈깨비는 그렇게 뿌렸는지

처음엔 어느 곳 시다로 있다더니

곧 미싱사 보조가 되어 월급도 올랐다고

좋아라고 보내오던 네 편지

봉투째 부쳐오던 네 월급

이번 구정엔 틀림없이 에미 보러 온다기에

에미는 동네마다 옷장사를 나갔는데

눈 오는 시장바닥을 떠돌면서 기다렸는데

연탄가스에 중독되어 네가 먼저 가다니

이 에미를 남겨두고 네가 먼저 가다니

썰렁한 네 자취방 웃목에는

아직도 빈 라면봉지가 나뒹구는데

순아 하늘에는 겨울에 무슨 꽃이 피더냐

이 겨울 하늘에도 눈물꽃이 피더냐

이철환의 〈연탄길〉이 애틋함의 상징이라면,
안도현의 〈너에게 묻는다〉에 나오는 연탄불은 따스한 온기
와 희생을 떠올리게 합니다. 하지만 이제까지 그랬던 것처럼
앞으로도 날이 추워지고 바람이 불면 계속 정호승의 〈마지
막 편지〉를 읊조리게 될 것입니다.
유년의 기억 속에 오롯이 들어와 있는 연탄가스 중독의 충격
이 가시지 않는 한, 이 땅의 척박한 삶의 현장이 달라지지 않
는 한, 그리고 무엇보다 그것이 그나마 다리 뻗고 잘 수 있는
특권을 누리는 것에 대한 예의이기에.

살면서
놓치지 말아야 할 것

치매를 앓고 있는 아버지가 있었습니다. 아버지는 아들에게 질문하길 좋아했습니다. 그날도 아버지는 먼 하늘을 물끄러미 바라보다가 불현듯 아들에게 묻습니다.

"아들아, 저 새의 이름이 뭐라냐?"
"아버지 저 새는 기러기예요."

잠시 후 아버지는 아들에게 또 물었습니다.

"아들아, 저 새 이름이 뭐니?"

"기러기라니까요."

다시, 아버지는 아들에게 물었습니다.

"얘야, 저 새 이름이 무엇이냐?"

아들은 짜증 섞인 말투로 귀찮다는 듯 대답했습니다.

"아버지 기러기라고 가르쳐 드렸잖아요. 왜 자꾸 같은 질문을
하시는 거예요?"

옆에서 아버지와 아들이 주고받는 이야기를 가만히 듣고 있던
어머니가 아들에게 말했습니다.

"얘야, 너 어렸을 때 아버지는 네가 같은 질문을 수십 번 해도
짜증 내지 않고 가르쳐 주셨단다."

아내와 함께 작은애를 데리고 수리산 걷기대
회에 참가했을 때 아내가 아이에게 들려준 이야기를 귀담아
들었습니다. 그 오래된 이야기를 들으며 많은 생각을 했습니

다. 비록 치매에 걸려 새의 이름은 기억하지 못했지만, 아버지는 결코 자신의 아들까지 잊지는 않고 있던 것입니다. 순간, 우리가 살면서 놓치지 말아야 할 것을 깨달은 듯해서 코끝이 시큰해졌습니다.

생은 대를 이어
순환한다

"어머니 지금 사시는 곳이 어디세요?"

"서울이요."

(10년 전부터 수원에 살고 있음.)

"보고 계신 그림대로 오각형을 그려 보세요."

"안 되네요."

"지금 여기가 몇 층이라고 생각하세요?"

"3층인가요?"

(병원 1층임.)

"100에서 7을 빼면 얼마죠?"

"…."

아내와 함께 의료원에 가셨던 어머니와 의사가 나눈 대화의 한 대목입니다. 전화기 너머 들려오는 아내의 목소리가 흔들립니다.

병원행의 계기가 있었습니다. 근래 들어 자꾸 뭔가를 잊어버렸다며 짜증을 냈고, 있지도 않은 물건이 없어졌다며 애꿎은 아이들을 잡도리한다는 얘기를 들었기 때문입니다. 저녁에 퇴근해 보면 이따금 수돗물이 저 혼자 틀어져 있는 경우가 있었고, 가스 불 위에 올려진 냄비의 내용물은 온데간데없고 냄비 자체가 한없이 달궈져 있는 경우도 왕왕 있었으며, 밤늦은 시간에 TV 소리가 들리고 불빛이 새어 나와 들어가 보면 여지없이 그대로 잠이 들어 계시곤 했습니다. 작년에 팔순을 맞으셨으니 올해 81세가 되신 어머니와 함께 살면서 겪는 일입니다.

젊어서는 물론이고 나이가 드신 뒤에도 늘 일에 파묻혀 사셨고, 또 워낙 깔끔하게 집안 살림을 챙기셨던 분이어서 더 충격이고 걱정이었습니다. 정정하시다고만 믿던 어머니에게서 확연한 치맷기가 발견되고 있었습니다. 다행이 의사는 아직 증상이 심한 건 아니라고 했습니다. 지극히 초기적인 진행 정도라는 소견을 내 주었고, 약물 치료를 통해 진행을 억제할 수 있다고 안심시켜 주었습니다.

맞벌이를 하는 아내와 내게 어머니의 존재는 단지 모시고 사는 어머니가 아니라 없어서는 안 될 집안 살림의 중추입니다. 손

수 손녀 둘을 키워 내신 분이기도 합니다. 그런 어머니가 치매라니, 일이 손에 잡히지 않는 건 당연합니다.

걱정스런 말을 주고받은 뒤 전화를 끊으려는데 아내가 머뭇머뭇 합니다. 뭔가 더 할 얘기가 남은 듯한 느낌이어서 재차 물었더니 그제야 마지못한 듯 알려 줍니다. 그리고 무겁던 통화 분위기가 일순 반전됐습니다. 올해 6학년이 되는 작은애가 드디어 여성이 되었다는 것입니다. 아빠에겐 절대 비밀에 부쳐 달라고 신신당부를 했다니, 알아도 알은체를 해선 안 된다는 말도 덧붙였습니다.

문득 생의 순환이라는 말이 떠오릅니다. 나를 낳아 주신 어머니는 서서히 생의 긴장을 놓고 계시고, 내 몸에서 나온 또 다른 생명은 어느덧 생의 경이로움 앞에 한 발짝 다가서고 있습니다. 그렇게 우리의 삶에는 우주가 들어와 앉아 있습니다.

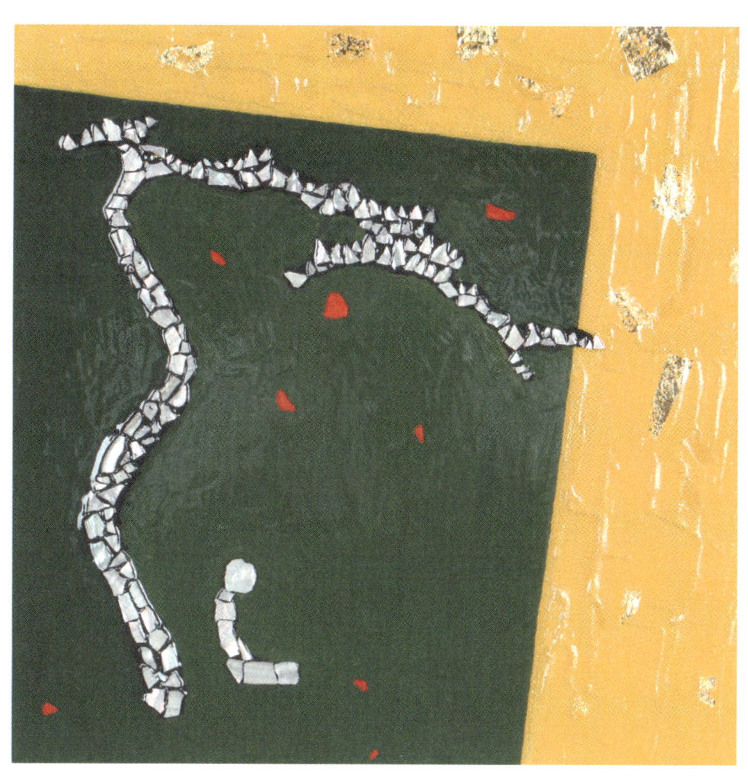

명상, 45×45cm, 수제한지에 옻칠, 자개, 2008

사람의 마음을 얻는 법

흔히 빙산氷山의 일각一角이라 합니다. 전체 국면 중 극히 작은 부분만 드러난 것을 이르는 말입니다. 바다 위로 올라온 빙산은 일각에 불과하지만 그 아래에는 어마어마한 크기의 얼음덩어리가 숨겨져 있다는 데서 따왔습니다.

문학엔 '헤밍웨이의 빙산이론(iceberg theory)'이 있습니다. 작가는 물 위로 보이는 빙산처럼 전체 경험에서 확실하게 드러나는 지극히 작은 일부만 작품화해야 한다는 것으로, 물속에 잠긴 90퍼센트의 빙산은 아낌없이 밑거름으로 남겨 두라는 뜻입니다. 어니스트 헤밍웨이가 작가의 체험을 빙산에 비유하면서 유래된 말입니다. 작가의 냉정한 압축 기법은 기술적인 장치가 아니라 인생에 대한 작가의 본질적 관점이라는 것이 요지입니다.

"체험의 10퍼센트를 활용하는 대신, 스스로 경험조차 하지 않
고 남에게서 전해 들은 얘기를 열 배로 불려서 작품을 만들려고
하면 당연히 무리가 간다. 한 가지 거짓을 믿게 만들려면 아홉 가
지는 진실을 얘기해야 한다. 아홉 가지 거짓말로 한 가지 진실을
믿게 만들기는 불가능하다."
— 안정효, 《안정효의 글쓰기 만보》 중에서

수많은 사람들이 대를 이어 《데미안》을 읽으며 심취하고,
《젊은 베르테르의 슬픔》에 공감하여 잠을 이루지 못하는 까닭,
《테스》의 운명을 자신의 삶이라고 상상하며 슬퍼하거나 괴로워
하는 까닭, 에릭 시걸의 《러브 스토리》를 놓고 유치한 눈물을
흘리는 까닭이 무엇일까? 지그문트 프로이트는 그것을 '동일시
(identification)'라고 설명합니다. 사람들은 동일시의 경험을 위해
소설을 읽고 연극(영화)을 보러 간다고 프로이트는 믿었습니다.
동일시는 작가 쪽에서 집필의 동기로 작용하는 경우도 적지
않습니다. 예를 들자면, 뚱뚱하다는 한심한 이유로 남자에게 버
림을 받고 괴로워하다가 칩거에 들어가 《가시나무새》를 써낸 작
가가 콜린 맥콜로우였습니다. 그 소설에서 여주인공이 고위 성
직자와 벌이는 연애 행각은 일종의 심리적인 복수 행위였다고

여겨집니다. 노벨문학상 수상자 솔 벨로우는 "소설을 쓰지 않았다면 나는 벌써 자살했을 터"라고 하여, 글쓰기가 작가의 감정적인 정화에 얼마나 효과적인지를 증언했습니다.

사람들의 공감을 이끌어 내는 글, 대리 만족을 넘어 동일시에 이르게 하는 글은 역시 삶의 현장에서 길어 올린 구체적 체험을 바탕에 깔아야 합니다. 그럴듯한 거짓말로 사람들을 현혹하려는 시도는 얼핏 쉬워 보이나 어리석은 일이며 목적을 이루기도 힘듭니다. 진실한 글이라야 사람의 마음을 얻습니다. 작가 자신의 정화를 위한 글이든, 타인의 마음을 움직이기 위한 글이든 마찬가지입니다.

하물며, 삶 자체로 사람의 마음을 얻어야 하는 우리네 인생은 말해 뭐하겠습니까.

백팔번뇌의
종교심으로

사실, 종교를 불편한 것으로 여겨 왔습니다. 용산 참사 희생자를 위로하는 거리 미사에 참가하기 전까진. 그곳에서 종교는 비로소 가장 낮은 자들의 것이었습니다.

"천박한 지식은 인간의 정신을 무신론으로 기울게 하지만 지식을 쌓아 가다 보면 정신은 다시 종교로 되돌아온다."

김용준의 《과학과 종교 사이에서》를 보다 만난 베이컨의 말입니다. 아무리 고개를 빳빳하게 세운다 해도 인간은 어쩔 수 없이 나약한 존재일 뿐입니다. 그 한계를 인정하면, 비로소 종교는 인간에게 위안이 됩니다.

"종교가 인민의 아편이라 한 것은 종교가 현실의 고통을 치유하는 근본적인 처방전이 될 수 없다는 뜻이다."

마르크스는 일찍이 '종교는 아편'이라 했던가요. 하지만 이와 같은 하워드 진의 친절한 해석 덕분에 마르크스의 종교관에 대한 오해도 해소했습니다.

대승불교에선 번뇌가 그대로 깨달음이며, 생사의 세계가 그 자체로서 열반이라고 합니다. 백팔번뇌 역시 그와 다르지 않습니다. 중생의 번뇌는 그대로 현생에서 구현된 깨달음이며 열반입니다. 하기에 종교는 언제나 현실에서 사람들 속에 있어야 합니다.

'기생충'에서 '공생자'로

《쥬라기 공원》을 쓴 마이클 클라이튼은 또 하나의 과학소설 《먹이》에서 나노 입자들(나노스웜)이 유전 알고리듬을 이용해 육식 동물의 행동을 모방하면서 진화해 가는 과정을 보여줍니다. 마치 실제 살아 있는 생명처럼 번식하고 학습하는 것입니다. 그렇게 진화한 나노스웜이 인류는 물론 생태계 전체를 위협한다는 것이 소설의 줄거리입니다. 과학의 발전이 인류에게 장밋빛 미래를 가져다주는 것만은 아니라고 경고하는 것입니다.

이 오래된 소설이 떠오른 건 젊은 기생충학자 정준호의 《기생충, 우리들의 오래된 동반자》를 보면서입니다. 숙주에 기생하는 기생충이나 동물의 체내에 들어가 생명을 빼앗아 버리는 나노스윔이나 비슷한 존재가 아닐까 싶었습니다. 그러나 다행히도 저자 서문을 벗어나자마자 디스토피아 소설 《먹이》는 온데간데없고, 대신 그 상상의 자리를 권오길의 《인체기행》과 후쿠오카 신이치의 《생물과 무생물 사이》가 대체합니다. 그만큼 책은 유익하면서도 흡입력이 대단합니다.

'우리들의 오래된 동반자'라는 제목이 암시하듯 저자는 기생충에 대한 오해와 편견을 불식하면서 공진화의 개념과 의미로 설명합니다. "기생충 붐이 일어났으면 좋겠다"는 바람을 말할 정도로 발랄한 젊은 연구자는 기생충은 결코 이상하고 혐오스런 존재가 아니라 가장 보편적인 생물종 가운데 하나이며, 숙주를 갉아먹으며 기생하는 게 아니라 숙주를 위협하는 외부의 침입자로부터 숙주를 보호하며 공생 관계를 형성하는 삶의 동반자라는 주장을 예의 성실하고 차분한 글로 풀어냅니다.

그런데 왜 하필 기생충일까요? 새로운 것에 대한 도전, 앎의 희열, 자신의 선택에 대한 책임과 믿음… 그런 모든 것이 뭉쳐 신념이 되었을 것입니다. 그 신념은 곧 기생충을 매개로 우리네 삶의 문제에 대한 성찰로 이어집니다. 신화와 성경 속으로 들어간 기생충의 역할과 의미를 되짚는가 하면, 우리네 삶의 풍경들 속에서 발견한 소외를 소외된 생물체로서 기생충의 관계에 연결시키려는 시도가 그런 것입니다.

다시, 마이클 클라이튼의 《먹이》가 시사하는 바를 환기할 필요가 있습니다. 인간의 탐욕에 물든 과학, 특히 미래의 중추 산업이라 할 생명공학과 나노기술의 독성을 경고하고 있는 이 소설은 과학자는 물론 인류의 윤리의식과 사회 조절 능력을 강화해야 한다고 역설합니다. 그리고 바로 이것이 '소외 열대 질환'을 앓고 있는 13억 생명을 더 이상 방치하거나 소외시켜선 안 된다는 정준호의 호소에 귀를 기울여야 하는 이유입니다. 또한 우리 인류가 '기생충'을 넘어 '공생자'로 가는 길이기도 합니다.

장미 대신
안개꽃

사람이 다 다르기 때문에 평등이라는 개념이 태어났습니다. 모두가 다 같은 조건에서 살아간다면 평등을 강조할 필요가 없을 것입니다. 사람들 마음이 서로 다르기 때문에 갈등합니다. 사람 마음이 하나같다면 다툴 일이 없을 것입니다.

서로의 다름을 인정하고 받아들이고 존중하는 것, 그것이 바로 사랑입니다. 사랑은 많은 사람 중에서 나와 같은 사람을 찾는 일이 아니라 다름을 인정하고 받아들이는 마음에서 출발합니다.

사랑의 가장 확실한 방법은 다른 사람과 함께
걸어가는 것입니다.
사랑은 저 홀로 아름다움을 뽐내는 장미가 아니라 평등하게
함께 핀 안개꽃입니다.

다시,
사람은
변하는가?

노숙인을 대상으로 인문학 강의를 할 때입니다. 강의를 듣는 노숙인들은 이른바 '당구 세대'였습니다. 개중엔 400점 이상을 치는 고수도 있었고, 150점에서 300점 사이의 중고수들도 수두룩했습니다.

강의가 끝나면 으레 노숙인 선생님들과 함께 당구장에 가곤 했습니다. 두 명씩 편을 갈라 밥값 내기를 했는데, 말이 내기이지 당구 게임비와 밥값은 늘 내 차지였습니다. 그걸 당연하게 여기면서도 매번 내기라는 이름을 붙이곤 했습니다. 역시 게임은 내기가 걸려야 제 맛이라면서. 그렇게 어울리면서 우리는 하나가 되곤 했습니다.

＊ ＊ ＊

2005년 가을부터 다음해 봄까지 근 1년 동안 함께 어울렸던 성프란시스대학 1기 선생님들이 졸업 후 동문회를 결성했습니다. 첫 모임에 초대받고 가벼운 마음으로 나갔습니다. 1차는 식사 겸 소주를 곁들인 자리였고, 2차는 으레 그랬듯 당구장이었습니다.

소주를 마실 때부터 조짐이 보이더니, 당구장에서 결정적으로 변한 모습을 보였습니다. 여느 때처럼 게임이 끝나자마자 계산대로 향하는 나를 여러 명이 동시에 제지하는 것이었습니다. 그러고 보니 1차 때도 내겐 회비 1만 원을 받지 않았습니다.

"이제 우리도 돈 법니다. 더 이상 교수님이 돈 내지 않아도 돼요."

늦은 밤, 집으로 돌아오는 길에서 비를 만났습니다. 피했다 갈까 하다 그대로 걷기로 했습니다. 등짝과 머리는 이미 비에 젖었고, 얼굴은 난데없이 흘러나온 눈물에 젖고 말았습니다. 나도 모르게 흘러나온 눈물이었습니다. 감동의 눈물이었습니다. 비와 눈물에 뒤범벅이 된 밤이었습니다.

불과 1년 전까지만 해도 창백한 얼굴에 힘없는 목소리로 밥과

술을 사 달라고 하던 분들이었습니다. 강사료 10만 원으로 매주 술값, 밥값에 당구 게임비까지 충당하느라 늘 빠듯했었습니다. 그랬던 분들이, 그렇게 내게 의지하던 분들이 1년 만에 구릿빛 노동자 얼굴로 바뀌었습니다. 동문회비도 낼 필요 없다, 당구 게임비도 낼 필요가 없다며 싫지 않은 핀잔으로 나를 내치기까지 하는 것이었습니다.

그깟 돈 몇 만 원 아낀 게 대수였겠습니까. 중요한 건 그분들의 달라진 모습이었습니다. 넉넉지는 않지만 최소한 자신의 삶을 책임지는 사람이 되기로 한 것이었습니다. 그 변화가 그날 밤 나를 울리고 말았습니다. 솔직히 왜 인문학 강좌에 참여했는지, 대체 무슨 의미가 있는지 잘 알지 못했습니다. 그런 내게 죽비와도 같은 충격과 감동을 선사해 준 건 바로 그분들의 변화된 모습이었습니다. 그 후로 계속, 한 학기도 쉬지 않고 강의할 수 있었던 건 순전히 그날의 뭉클했던 감동 덕분이었습니다.

* * *

사람은 변하는가? 철학이 품어 온 아주 오래된 질문입니다. 학문적으론 그 질문에 답할 자신이 없습니다. 그러나 현실에서 경험한 것, 특히 노숙인들과 함께했던 시간들을 떠올리다 보면 저절로 그 질문에 답을 하게 됩니다.

사람은 변합니다! 확실하게 말할 수 있습니다. 사람은 확실히 변합니다. 마음먹기에 따라 사람은 얼마든지 삶의 태도를 바꿀 수 있습니다. 삶의 태도의 변화는 삶의 내용도 변화시킵니다. 그걸 온몸으로 보여준 분들이 아직도 곁에 있습니다. 너무나 소중한 분들입니다.

그날로부터 어느새 7년이라는 세월이 흘렀습니다. 지금, 그분들은 또 얼마나 변해 있을까요?

그대 인생에
벗이 되어 줄 수도 있는
책들

책은 읽는 사람에 따라 다르게 받아들여집니다. 저마다의 경험과 처한 상황이 그 책의 메시지를 자신만의 고유한 것으로 만들기 때문입니다. 그렇게 한 권의 책은 수많은 다양한 사람에게 맞춤한 치유를 제공합니다. 책이 위대한 이유이고, 누구나 책을 가까이 해야 하는 이유입니다.

많은 책들의 도움을 받았습니다. 나의 삶에도 그렇고, 소외된 사람들에게 인문학 강연을 하면서도 그렇고, 무엇보다 이 책《결핍을 즐겨라》에도 그렇습니다. 여기, 이 책에서 인용한 책들을 모아 따로 소개하는 것은 이 책들이 또 누군가의 삶에 저마다의 의미로 다가가 그의 인생에 벗이 되어 줄 수도 있을 것이라 기대하기 때문입니다.

* * *

16쪽
《그리스인 조르바》(니코스 카잔차키스 지음, 이윤기 옮김, 열린책들 펴냄)
나는 자유다! 니코스 카잔차키스의 묘비명처럼 진정한 자유의 의미를 알게 해
준 책입니다.

18, 102쪽
《공허의 1/4》(한수영 지음, 민음사 펴냄)
소설의 맛과 의미를 생각하게 하는 훌륭한 소설입니다. 개인적으로 작가 한수영
을 알게 되어 기쁩니다. 한수영의 《플루토의 지붕》도 좋은 소설입니다.

19쪽
《표백》(장강명 지음, 한겨레출판 펴냄)
충격적인 소설입니다. 젊은 세대를 서슴없이 '표백세대'라고 선언하는 것이 충
격이었고, 그 선언에 반발할 논리를 찾지 못했던 것 또한 충격적이었습니다.

21쪽
《빗방울처럼 나는 혼자였다》(공지영 지음, 황금나침반 펴냄)
작가 공지영의 산문 중 따뜻한 문장들이 많은 산문집으로 기억합니다. 삶의 무
게에 짓눌려 방황하는 분들에게 일독을 권합니다.

23쪽
《아름다운 노년》(지미 카터 지음, 김은령 옮김, 생각의나무 펴냄)

현직에 있을 때보다 은퇴 후 더 멋진 삶을 살고 있는 지미 카터 전 미국 대통령의
책입니다. 연륜과 삶에 대한 따사로운 시각이 묻어납니다.

24, 25쪽
《즐거운 지식》(고명섭 지음, 사계절 펴냄)
기자 고명섭보다 저술가 고명섭을 더 좋아하고 존경합니다. 그의 방대한 지식
편력에 혀를 내두르지 않을 수 없습니다. 《담론의 발견》, 《지식의 발견》, 《광기
와 천재》에 이어 《즐거운 지식》까지 고명섭 따라 읽기의 즐거움이 여간 쏠쏠한
게 아닙니다.

29쪽
《세상은 나를 울게 하고 나는 세상을 웃게 한다》(알리 아크바르 지음, 이채련 옮
김, 조화로운삶 펴냄)
긍정의 힘을 절감하게 하는 책입니다. 누구나 꿈을 꿀 수는 있지만 그 꿈을 이루
기 위해 노력하지 않는다면 무슨 소용이랍니까. 저자의 노고가 눈에 밟히는 듯
합니다.

32, 33쪽
《나의 논어》(홍사중 지음, 이다미디어 펴냄)
요즘 다시 《논어》에 대한 책들이 쏟아지고 있지만, 10년 전 나온 이 책만큼 쉽고
재미있게 풀어낸 책이 있을까 싶습니다.

37쪽
《그리스 로마 신화》(이윤기 지음, 웅진지식하우스 펴냄)
그리스 로마 신화를 주제별로 뽑아서 가독성을 높이고 재미를 배가시킨 책입니
다. 오래도록 신화 번역에 매달려 온 고 이윤기 선생의 기념비적인 저작이라는
생각입니다.

42쪽

《지식의 역습》(웬델 베리 지음, 안진이 옮김, 청림출판 펴냄)
웬델 베리는 생태적 삶을 실천하는 실천적 지식인의 표상입니다. 책 역시 어느
곳 하나 허투루 넘길 수 없는 소중한 지혜의 샘입니다.

51쪽

《사생아, 그 위대한 반전의 역사》(주레 피오릴로 지음, 이미숙 옮김, 시그마북스
펴냄)
'낙상매'라는 말을 이 책을 통해 알게 되었습니다. 또한 위대한 사람들의 이면
에 짙게 깔려 있는 결핍들을 일별하면서 참으로 많은 걸 생각하게 되었습니다.

62쪽

《남자의 후반생》(모리야 히로시 지음, 양억관 옮김, 푸른숲 펴냄)
노숙인 인문학 강의에서 가장 많이 인용한 책입니다. 실패를 맛본 사람들의 인
생역전이 통쾌하면서도 진한 감동을 줍니다.

67쪽

《연금술사》(파울로 코엘료 지음, 최정수 옮김, 문학동네 펴냄)
파울로 코엘류라는 위대한 작가를 알게 해 준 첫 책입니다. 또한 갈팡질팡하던
내게 삶의 방향을 잡고 일관된 삶을 살라는 가르침을 준 책이기도 했습니다.

70쪽

《철학하라》(황광우 지음, 생각정원 펴냄)
흔히 철학은 어렵다고 합니다. 황광우의 책은 그런 편견을 날려 버립니다. 쉽고
재미있게, 무엇보다 답답한 현실 속에서 길을 찾아 나가는 데 도움을 주는 내용
들이 수두룩한 책입니다.

71쪽

《신화의 힘》(조셉 캠벨 지음, 이윤기 옮김, 이끌리오 펴냄)

신화에 눈을 뜨게 해 준 책입니다. 또한 이야기의 보고이기도 합니다. 진득하게 일독하시길 권합니다.

71쪽

《죽음의 수용소에서》(빅터 프랭클 지음, 이시형 옮김, 청아출판사 펴냄)

역시 노숙인 인문학을 하면서 많이 인용한 책입니다. 아무리 고통스런 상황이라 해도 삶의 의미를 알고 있다면 극복하게 된다는 진중한 메시지가 담겨 있습니다.

79, 142쪽

《나는 시간이 아주 많은 어른이 되고 싶었다》(페터 빅셀 지음, 전은경 옮김, 푸른숲 펴냄)

편안하게 읽을 수 있는 책입니다. 서두를 것 없이 편안하게, 조금은 느리게, 뭔가를 음미하듯 읽으면 좋습니다.

84쪽

《방황의 기술》(레베카 라인하르트 지음, 장혜경 옮김, 웅진지식하우스 펴냄)

철학자 강신주의 추천사가 그럴듯한 책으로 기억됩니다. 회피하지 말고 슬기롭게 방황하라는 메시지를 가슴에 담아 두게 해 준 책입니다.

91쪽

《좋은 이별》(김형경 지음, 푸른숲 펴냄)

사람 마음속으로 떠나는 작가 김형경의 여행에 동참해 오던 끝에 마주하게 된 죽음에 관한 책입니다. 예의 탄탄한 문체와 깊은 사유, 저자의 풍부한 인문적 소양에 새삼 감동하게 됩니다.

92쪽

《자기 앞의 생》(에밀 아자르 지음, 용경식 옮김, 문학동네 펴냄)

생을 말하기 위해 우리는 도리 없이 죽음을 떠올려야 합니다. 삶과 죽음의 문제를 이토록 웅숭깊은 문체로 풀어내고 있는 에밀 아자르를 경배할 수밖에 없습니다.

95쪽

《능소화》(조두진 지음, 예담 펴냄)

한국형 팩션의 한 경지를 보여 주는, 《도모유키》의 저자 조두진의 두 번째 소설입니다. 능소화에 얽힌 슬프고도 아름다운 400년 전 사랑 이야기가 애절합니다.

99쪽

《쓸쓸해서 머나 먼》(최승자 시집, 문학과지성사 펴냄)

오랜만에 만난 최승자 시집입니다. 지난 10년간 떠돈 그녀와 관련된 루머가 시집보다 더 진하게 다가와 가슴이 먹먹해졌습니다.

109쪽

《끈, 우리는 끝내 서로를 놓지 않았다》(박정헌 지음, 열림원 펴냄)

등반가들의 우정과 끈끈한 인간애를 확인하게 해 주는 책입니다. 절체절명의 상황에서도 서로의 끈을 놓지 않는 모습은 벅찬 감동이 아닐 수 없었습니다.

113쪽

《3분 고전》(박재희 지음, 작은씨앗 펴냄)

고전 속에 등장하는 다양한 문장들을 쉽고 맛깔스럽게 풀어 준 에스프레소 커피 같은 책입니다.

115쪽

《7월 24일 거리》(요시다 슈이치 지음, 김난주 옮김, 재인 펴냄)
작가 요시다 슈이치의 섬세한 감성과 감각을 엿볼 수 있는 책입니다.

120쪽

《빌 브라이슨의 발칙한 미국학》(빌 브라이슨 지음, 박상은 옮김, 21세기북스
펴냄)
가장 유머러스한 작가라는 별명답게 재치와 유머가 번뜩이는, 그러나 한번쯤 곱
씹어 볼 만한 시사적인 내용들이 담긴 책입니다.

126쪽

《개성의 탄생》(주디스 리치 해리스 지음, 곽미경 옮김, 동녘사이언스 펴냄)
사람의 성격이 어떻게 형성되는지를 면밀하고 꼼꼼한 관찰과 성실한 공부를 통
해 규명해 낸 역작입니다.

128, 179쪽

《귀향》(베른하르트 슐링크 지음, 박종대 옮김, 이레 펴냄)
탄탄하고 세밀한 서사의 힘을 보여 주는 이 소설은, 소설적 재미와 함께 지적 욕
구를 불러일으킵니다.

129쪽

《섬》(장 그르니에 지음, 김화영 옮김, 민음사 펴냄)
평범한 일상 속에서서 길어 올린 사유의 정수가 놀랍도록 명징하면서 동시에 깊
은 울림을 주는 주옥같은 문장의 밭입니다.

131쪽

《남자 vs 남자》(정혜신 지음, 개마고원 펴냄)

정혜신 박사의 본격 사람 분석서라고 할까요. 등장인물들에 대한 관심 못지않게 촘촘하게 짠 정혜신 문장의 그물코에 걸려드는 순간 책을 놓을 수 없습니다.

132쪽

《조드》(김형수 지음, 자음과모음 펴냄)

웅장한 서사의 힘, 동양과 서양으로 이분되었던 세계사에 몽골사를 덧붙여야 한다는 저자의 말에 절로 고개를 끄떡이게 됩니다.

151쪽

《부자들은 왜 장지갑을 쓸까》(카메다 준이치로 지음, 박현미 옮김, 21세기북스 펴냄)

지갑은 단지 돈을 넣는 도구가 아니라 돈에 대한 철학을 담는 그릇이라는 메시지가 담긴 책입니다. 부자가 되려거든 먼저 돈을 사랑하라는 말이 인상적입니다.

153쪽

《굿바이, 게으름》(문요한 지음, 더난출판사 펴냄)

게으름도 질병이라는 사실을 알게 해 준 책입니다. 질병이라면 방치할 것이 아니라 서둘러 치료해야 하는 것이겠지요.

156쪽

《밤은 책이다》(이동진 지음, 예담 펴냄)

영화평론가이면서 문체가 단단한 저자 이동진의 책은 늦은 밤 차분하게 읽기에 그만입니다. 본문의 도처에서 그의 문체를 흉내 내고 있음을 고백합니다.

158쪽

《신화 속으로 떠나는 언어여행》(아이작 아시모프 지음, 김대웅 옮김, 웅진닷컴 펴냄)

절판된 책이라는 사실이 못내 안타깝습니다. 모든 가정에 꽂혀 있어야 할 책이라는 생각입니다.

161쪽

《시간의 놀라운 발견》(슈테판 클라인 지음, 유영미 옮김, 웅진지식하우스 펴냄)

시간에 대한 개념을 정리하는 데 유용한 책입니다. 그야말로 시간의 놀라운 발견입니다.

162쪽

《시간의 문화사》(앤서니 에브니 지음, 최광열 옮김, 북로드 펴냄)

시간에 얽힌 다양한 역사적 사건들을 일별하면서 새삼 시간의 의미를 반추하게 해 주는 책입니다.

166쪽

《나는 빠리의 택시 운전사》(홍세화 지음, 창비 펴냄)

40대 후반에 이런 감성을 가지고 있다니! 처음엔 그저 놀라기만 하는데, 읽다 보면 점점 눈가에 이슬이 맺히게 되는 책입니다. 똘레랑스라는 개념을 소개한 책으로도 유명합니다.

166쪽

《박헌영 평전》(안재성 지음, 실천문학사 펴냄)

박헌영 개인의 삶도 흥미롭지만 일제 강점기 좌파들의 독립운동사, 남로당의 계보와 지난한 투쟁의 역사를 꼼꼼하게 밝혀 준 책입니다.

166쪽

《이완용 평전》(김윤희 지음, 한겨레출판 펴냄)

배제된 타자의 봉인을 벗긴다는 출간 취지에 끌려 읽은 책입니다. 알지 못하는

걸 좋아할 수 없듯, 제대로 알지 못하면서 비판하는 것도 말이 안 된다는 당연한
사실을 알게 해 주었습니다.

170쪽
《리눅스＊그냥 재미로》(리누스 토발즈, 데이비드 다이아몬드 공저, 안진환 옮김,
한겨레신문사 펴냄)
리눅스 개발자이자, 빌 게이츠, 스티브 잡스와 함께 IT업계의 3대 영웅 중 한 명으
로 칭송받는 리누스 토발즈의 독특한 세계관을 엿볼 수 있는 유쾌한 책입니다.

171쪽
《호모 루덴스》(요한 하위징아 지음, 이종인 옮김, 연암서가 펴냄)
반은 낯설게 반은 수긍하며 읽게 되는 책입니다. 다소 어렵기도 했지만, '호오
루덴스'의 개념을 이해하기 위해서는 반드시 읽어 봐야 할 책입니다.

174쪽
《사회적 원자》(마크 뷰케넌 지음, 김희봉 옮김, 사이언스북스 펴냄)
과학 전문지 편집장의 책이 이토록 인문학적일 수 있는 건가 하는 생각이 들 정
도로 마크 뷰케넌의 책은 흥미롭습니다. 전작 《세상은 생각보다 단순하다》도 일
독을 권합니다.

176쪽
《회색 영혼》(필립 클로델 지음, 이세진 옮김, 미디어2.0 펴냄)
인간의 이중성과 인간 심성의 모호함들이 어우러져 벌어지는 하나의 사건을 풀
어나가는 저자의 솜씨가 예사롭지 않습니다.

186쪽
《책쾌 송신용》(이민희 지음, 역사의아침 펴냄)

책에 대한 무한한 애정과 '책탐'으로 유명한 사람이 많습니다. 그중 송신용은 단순한 애정을 넘어 책을 숭배했던 사람이 아닌가 싶습니다.

192쪽

《지도 밖으로 행군하라》(한비야 지음, 푸른숲 펴냄)

한비야의 책이 늘 그렇지만, 이 책의 울림은 만만치 않습니다. 세계 곳곳을 누비며 아픈 사람들의 마음에 공감하는 저자의 열정과 진정성이 담겨 있기 때문일 것입니다.

197쪽

《아내가 결혼했다》(박현욱 지음, 문이당 펴냄)

박현욱이라는 작가는 참으로 유쾌합니다. 그 유쾌함이 소설의 도처에서 빛을 발합니다. 중요하고도 진지한 소재를 이토록 유쾌하게 풀어낼 수 있는 작가가 또 있을지 의문입니다.

198쪽

《아버지가 없는 나라》(양 얼처 나무, 크리스틴 매튜 공저, 강수정 옮김, 김영사 펴냄)

'주혼' 제도라는 독특한 결혼 제도를 유지하고 있는 모쒀족 여인 양 얼처 나무가 들려주는 자신의 부족 이야기가 흥미롭습니다.

207쪽

《유혹의 심리학》(파트릭 루무안 지음, 이세진 옮김, 북폴리오 펴냄)

인간은 끊임없이 누군가를 유혹합니다. 남녀노소 모두가 그렇습니다. 인간은 누군가의 관심을 먹고 산다는 걸 새삼 확인하게 되는 책입니다.

212쪽

《느낌의 공동체》(신형철 지음, 문학동네 펴냄)

신형철이라는 이름 앞에서는 한껏 작아질 수밖에 없습니다. 아직 젊은 나이인데도
이토록 훌륭한 글을 쓸 수 있다는 게 믿어지지 않습니다. 부럽고 질투까지 납니다.

213쪽

《학문의 즐거움》(히로나카 헤이스케 지음, 방승양 옮김, 김영사 펴냄)

수학자의 인생론이라 할까요, 참으로 정겹게, 무게 잡지 않으면서 소탈하게 학문
의 즐거움을 진술하고 있습니다. 그래서 더 믿음이 갑니다.

217쪽

《인문학의 미래》(월터 카우프만 지음, 이은정 옮김, 동녘 펴냄)

어떤 의무감 비슷한 마음으로 읽었던 책입니다. 읽고 나선 뿌듯함이 느껴지기도
했습니다. 독서에 대한 저자의 정리가 특히 마음에 남았습니다.

226쪽

《책만 보는 바보》(안소영 지음, 강남미 그림, 보림 펴냄)

이덕무와 동시대 실학자들의 생활을 일별하면서 새삼 책읽기의 중요성을 깨닫
게 해 주는 책입니다.

226쪽

《책을 읽고 양을 잃다》(쓰루가야 신이치 지음, 최경국 옮김, 이순 펴냄)

독특한 이야기들을 많이 접하게 해 준 책입니다. 일본 문학의 내밀한 내실을 엿
볼 수 있었다고 할까요. 생경한 예화와 함께 소중한 메시지들이 담긴 책입니다.

231쪽

《신, 서양문명을 읽는 코드》(김용규 지음, 휴머니스트 펴냄)

하나의 주제를 통해 서구의 정신사를 꿰뚫는 저자의 지적 성실성과 치열성에 매료될 수밖에 없습니다. 김용규는 철학자의 대중적 글쓰기의 전범이기도 합니다.

235쪽

《위대한 연설》(김헌 지음, 인물과사상 펴냄)

그리스 10대 연설가를 만나는 즐거움이 있습니다. 수사학의 의미를 명료하게 설명하고 있는 책이어서 두고두고 읽을 만하다는 생각입니다.

236쪽

《왜 세계의 절반은 굶주리는가》(장 지글러 지음, 유영미 옮김, 갈라파고스 펴냄)

왜곡된 경제 논리가 빚어낸 지구적 현실을 적나라하게, 그러나 정색하지 않고 차분하게 풀어내고 있습니다. 충격과 성찰의 계기를 제공하는 보기 드문 양서입니다.

238쪽

《소금꽃나무》(김진숙 지음, 후마니타스 펴냄)

아, 김진숙! 망설임 없이 반드시 읽어야 하는 우리 시대의 필독서라고 생각합니다.

248쪽

《안정효의 글쓰기 만보》(안정효 지음, 모멘토 펴냄)

글쓰기에 대한 이러저러한 고민들을 시원하게 날려 주는 책입니다. 글쓰기 관련 책들이 넘쳐나지만 그중 단연 최고라고 생각합니다.

251쪽

《과학과 종교 사이에서》(김용준 지음, 돌베개 펴냄)

학자 김용준과 종교인 김용준의 고뇌가 이 한 권의 책 속에 오롯이 담겼습니다.

학자 김용준의 지적 성실성을 엿볼 수 있는 책이기도 합니다.

253쪽

《먹이》(마이클 클라이튼 지음, 김진준 옮김, 김영사 펴냄)

나노 과학에 대한 소설적 해설서라고 해도 과언이 아닙니다. 작가의 치열한 취재 정신과 과학 지식이 돋보이는 책입니다.

253쪽

《기생충, 우리들의 오래된 동반자》(정준호 지음, 후마니타스 펴냄)

현장성을 중시하는 젊은 연구자의 역작입니다. 성실한 발품이 담긴 책을 만나는 일은 언제나 즐겁습니다.

254쪽

《생물과 무생물 사이》(후쿠오카 신이치 지음, 김소연 옮김, 은행나무 펴냄)

권오길 교수의 《인체기행》과 더불어 유쾌하게, 그리고 쉽게 읽을 수 있는 몇 안 되는 과학책입니다. 그렇다고 결코 가벼운 책은 아닙니다. 생명의 의미를 다루고 있으니까요.

지은이 **최준영**

2000년 신춘문예(《문화일보》 시나리오 부문)를 통해 등단했다. 2002년 경기문화재단 편집주간을 지내고, 2004년부터 2009년까지 경기방송, 교통방송, SBS 라디오 등에서 책을 소개하는 코너를 진행했으며, 2005년 노숙인 대상 인문학 강좌로 설립된 성프란시스대학에서 인문학을 가르쳤다. 이후 관악인문대학, 경희대학교 실천인문학센터 등에서 노숙인, 여성 가장, 교도소 수형인들에게 글쓰기와 문학을 강의했다. 지은 책으로 《책이 저를 살렸습니다》 《유쾌한 420자 인문학》이 있다.

그린이 **림효**

홍익대학교를 졸업했다. 1983년 첫 개인전 이후 서울과 미국, 독일 등에서 21번의 개인전을 열었으며, 상하이아트페어, 취리히아트페어, 피아아트페어, 한국아트페어 등 국제적인 아트페어에서 활발한 작품 활동을 했다. 7회 동아미술상과 13회 선미술상을 수상했다.

거리의 인문학자가
다시 일어서는 사람들에게 전하는 마음 치유 인문학

결핍을 즐겨라

1판 1쇄 발행 2012년 4월 25일
1판 3쇄 발행 2013년 4월 30일

지은이　최준영
그린이　림효
펴낸이　고영수
펴낸곳　추수밭
등록　제406-2006-00061호(2005.11.11)
주소　135-816 서울시 강남구 논현동 63번지
　　　413-756 경기도 파주시 교하읍 문발리 파주출판도시 518-6번지
　　　　　청림아트스페이스
전화　02)546-4341
팩스　02)546-8053

www.chungrim.com
cr2@chungrim.com

ⓒ 최준영 2012

ISBN 978-89-92355-85-8 03810